참기 어려운, 하고 싶은 말

참기 어려운, 하고 싶은 말

발행일	2020년 9월 25일		
지은이	신재동		
펴낸이	손형국		
펴낸곳	(주)북랩		
편집인	선일영	편집	정두철, 윤성아, 최승헌, 이예지, 최예원
디자인	이현수, 한수희, 김민하, 김윤주, 허지혜	제작	박기성, 황동현, 구성우, 권태련
마케팅	김회란, 박진관, 장은별		
출판등록	2004. 12. 1(제2012-000051호)		
주소	서울특별시 금천구 가산디지털 1로 168, 우림라이온스밸리 B동 B113~114호, C동 B101호		
홈페이지	www.book.co.kr		
전화번호	(02)2026-5777	팩스	(02)2026-5747

ISBN   979-11-6539-370-0 03810 (종이책)   979-11-6539-371-7 05810 (전자책)

이 도서의 국립중앙도서관 출판예정도서목록(CIP)은 서지정보유통지원시스템 홈페이지(http://seoji.nl.go.kr)와
국가자료공동목록시스템(http://www.nl.go.kr/kolisnet)에서 이용하실 수 있습니다.
(CIP제어번호: 2020040827)

참기 어려운, 하고 싶은 말

신재동
수필집

북랩 book Lab

책머리에

내일이면 6월인데, 자고 일어났더니 비가 온다.

비가 와도 조금 오는 게 아니다. 나는 북가주(Northern California)에서 반세기를 살았어도 6월에 이렇게 많은 비가 오는 건 처음 보았다.

뒷마당에서는 어린 채소들이 비를 맞으며 좋아한다.

우산을 쓰고 나가 보니 흠뻑 비를 맞고서도 기뻐서 해맑은 얼굴을 하고 있다.

엊그제 심어놓고 매일 거르지 않고 물을 주었건만, 싹이 틀 생각도 하지 않던 시금치가 알에서 깨어나는 새끼 병아리처럼 쫑긋 얼굴을 내밀었다. 반갑고 귀엽다.

내가 주는 수돗물은 맛이 없나 보다. 매일 줘도 별로 고마워하지 않다가도 하늘에서 나리는 비 한 번 맞고 모두 좋아서 해맑은 표정을 짓는다. 새싹도 트면서 물맛이 그만이라는 듯 고개를 끄덕인다.

나는 모르지만 정말 수돗물과 빗물은 맛이 다른 모양이다.

맛만 다른 게 아니라 영양가도 다른 것 같다.

빗물을 마신 채소는 쑥쑥 잘도 자라나니 말이다. 겨우 하룻저녁 동안 비를 맞고도 만족해하는 걸 보면 빗물의 신비를 알 것 같다. 내가 보기에는 그 물이 그 물인 것 같지만, 어디가 달라도 다른 모양이다.

수돗물은 SNS 같아서 언제 틀어도 콸콸 나오지만, 비는 기다릴 만큼 기다려야 내린다.

마치 종이책처럼.

코로나바이러스 팬데믹으로 자가 격리로 들어선 지도 어언 4개월이 지났다.

집에서 밥만 먹는 것도 지겨워서 가끔은 사다 먹는다.

월요일엔 켄터키 프라이 치킨이 세일이라서 치킨을 사다 먹는다. 그것도 가장 적은 치킨 투 피스짜리면 된다.

가끔 '인 앤 아웃(IN-N-OUT)' 햄버거를 먹기로 했다.

식당 안으로 들어갈 수 없어서 드라이빙 스루에서 사야 하는데, 갈 때마다 줄이 얼마나 길까 은근히 걱정이다. 걱정했던 것처럼 줄 선 차량이 많아서 드라이빙 스루에 두 줄로 나란히 서 있다.

주문받는 여자가 다가와서 주문만 먼저 받는다.

그 바람에 긴 줄이 금세 줄어든다. 장사꾼은 돈 버는 일이라면 머리가 척척 잘 돌아간다.

집에서 인 앤 아웃 햄버거로 점심을 먹으면서 자가 격리의 하루를 즐긴다.

TV는 보나 마나 코로나바이러스 뉴스로 범벅이 되어 있다. 귀가 아프도록 듣는 똑같은 뉴스이지만, 그래도 매번 솔깃한 까닭은 전염병이 내게도 옮겨 올지 모른다는 불안감 때문이리라.

새로운 검사 기술이 적용되는 내일부터는 확진자가 급격히 늘어날 것이라고 겁부터 준다.

사는 게 뭔지? 죽는 게 뭔지?

건강할 때는 "그까짓 거, 죽으라면 죽지." 하다가도 막상 죽음 앞에서는 떨리고 망설이는 게 인간이다.

옛날 나의 외할머니는 속상한 일이 생기면 늘 "죽어야지. 죽는 게 상팔자다."라고 하셨다. 가난 속에 속상한 일이 많던 시절, 죽는 게 상팔자란 말만 듣고 자라면서 나도 모르게 죽는다는 걸 별것 아닌 것처럼 여겼었다. 그러나 풍요로운 오늘날 들어보면 옳은 말이 아니다.

죽는다는 건 끝이라는 뜻이다. 함부로 할 말이 못된다.

갑자기 생명을 빼앗아갈 수도 있는 코로나바이러스가 내 근처에서 떠다닌다는 걸 생각하면 끔찍하다.

바이러스가 실내 공기에서 3시간 동안 살아있다고 하지 않더냐. 집에만 있고 다른 곳에 가지 말라는 충고를 새겨들을 만하다. 살다 보니 별 희한한 세상을 다 보겠다.

그동안 글로 쓰고 싶은 이야기가 많아서 참기 어려웠다. 쓰고 또 썼다.

캄보디아 수상 가옥에 가 보면 집마다 커다란 항아리를 비치해 놓고 빗물을 받아서 생활한다.

내가 어렸을 때 우리 집도 그랬다. 비가 오는 날이면 빈 항아리, 바케쓰, 함지박에 양은 대야까지 빗물을 가득 채웠다. 마치 빗물이 무슨 돈이나 되는 양 뿌듯해했다.

나는 글을 써놓고 항아리에 채워놓은 빗물이나 되는

양 뿌듯하다.

코로나바이러스 팬데믹 자가 격리 기간에 써놓은 글을 정리했다.

정리하면서 마음이 두근거린다. 입학시험을 치르러 가는 학생 같은 기분이다.

신재동

| 차례 |

Part 2

Part 3

Part 4

Part 5

Part 1

산벚나무 꽃

뒷마당 비탈에 산벚나무 꽃이 만발하다.

어제 없던 꽃이 오늘은 활짝 피었다. 피었나 하면 떨어지는 꽃잎도 있다.

꽃잎이 눈 날리듯 가볍게 날린다. 피는 것도 금세요, 지는 것도 금세다.

우리끼리 하는 말이지만, 급히 피고 지는 게 한국인 성격을 닮았다.

입춘이 지난 지 겨우 열흘밖에 되지 않았는데 꽃은 제 세상 만났다고 비집고 나온다.

산벚나무 꽃은 기온에 맞춰 피는 게 아니라 절기에 맞춰 피어나나 보다.

산벚나무에 꽃이 너무 많아 나무가 온통 하얗다. 함박눈에 덮인 것처럼 하얗다.

신부의 면사포만큼 희고 순수해서 신비로움이 넘친다.

다섯 꽃잎이 다과 목판에 찍어낸 듯 똑같다. 일란성 쌍둥이도 이처럼 닮지는 못하리라.

꽃이 너무 많아 꽃도 자기를 닮은 꽃이 얼마나 되는지 알지 못하리라.

꽃은 경쟁하듯 서로 먼저 피겠다며 일제히 목을 내밀어 한꺼번에 흰색을 분출하고 말았다.

산벚나무 꽃은 아이처럼 참을성이 없나 보다.

바람은 온풍기를 틀어놓은 듯 미지근하다.

살랑살랑 부는 봄바람도 견뎌내지 못하고 나약한 꽃잎은 흩날려 떨어진다.

꽃잎이 날리는 게 눈송이처럼 가볍고 색종이처럼 반짝인다.

어느새 나무 밑에 꽃잎이 하얗게 덮여 있다.

한꺼번에 몸을 불사르는 산벚나무 꽃이 봄을 몰고 오는 봄의 여신이며 희망의 상징처럼 보인다. 신비롭게도 보이고, 신성하게도 보인다.

돌봐주는 이 없는 자연에서 제 맘대로 피고 지는 꽃이면서도 아름답기는 여느 꽃에 비교할 바 아니어서 산벚나무 꽃을 보면 저절로 입이 딱 벌어지나 보다.

꽃은 입력된 프로그램대로 피고 지리라.

지가 원하든 원하지 않든, 때가 되면 피고 만다.

꽃은 왜 필까? 수정을 위해서 피는 꽃도 있겠지만, 산벚나무 꽃은 수정이 필요 없는 나무인데도 꽃이 화사하게 핀다.

산골짝 으슥한 곳에서도 산벚나무 꽃은 핀다. 그것도 화려하다 못해 찬란하리만치 눈부시다.

분명, 누구에게 보여 주려고 피는 꽃은 아니다. 인간에게 보여 주고 싶어서 핀 꽃은 더욱 아니다. 사람에게 보여 주고 싶다면 인적이 접할 수 없는 골짜기에서 피겠는가?

사람 말고도 꽃을 즐기는 누군가가 있는 게 아닐까?

꽃은 세상에서 가장 아름다운 생물체임이 분명하다.

조물주가 발휘할 수 있는 최고의 기술로 만든 예술품이 꽃일 것이다.

신비스럽고 고운 빛깔을 연출하는가 하면, 비밀스러운 아름다움을 숨기고 있다가 갑자기 보여 줌으로써 사람을 놀라게 한다.

꽃은 하나같이 즐거운 표정을 짓고 있다. 행복해서 죽겠다는 표정으로 활짝 웃고 있다.

무엇이 꽃을 행복하게 하는가?

꽃은 보아도, 보아도 지루하지 않고, 시선을 마주치면 입가에 미소가 저절로 피어나고, 잠시나마 나를 즐겁고 행복하게 해 주는 마력의 여신이다.

꽃은 흐린 날씨에도, 비를 맞아도 웃는다. 심지어 바람에 날려 떨어지면서도 웃는다.

햇볕을 받으면 살판났다고 아우성치며 행복해한다.

행복하기만도 부족한 짧은 세월인데 언제 언짢은 표정을 지을 짬이나 있느냐는 듯 웃고 있다.

알고 보면 인생도 그렇게 짧은 세월을 사는 것이다.

행복하기만도 부족하리만치 짧은 세월을……

사랑받고 사랑해야 행복하다

       사랑은 살아있는 생물체와 같아서 숨도 쉬고 자라면서 변해간다.

만일 오늘의 사랑이 변하지 않고 제자리에 머물러 있다면 이것은 죽은 사랑이 되고 만다.

사랑은 끝없이 변하고 발전한다. 마치 우리가 매일 변해 가면서 사는 것처럼.

아주 오래전에 내가 처음 사랑의 자물쇠를 보았던 곳은 중국 계림을 여행하던 중이었다.

계림은 산봉우리가 볼록볼록 솟아오른 게, 마치 동양 산수화에 나오는 그림 같다. 어느 작은 도시 한가운데 볼록 솟아오른 산을 공원으로 조성해 놓았는데, 봉우리 정상에 올라갔더니 전망대가 있고, 주변을 돌기둥으로 빙 둘러 세워놓고 기둥과 기둥 사이는 쇠사슬을 두 줄로 쳐 놓았다. 경계를 넘으면 위험하다는 표시였다. 쇠사슬에는 많은 사랑의 자물쇠가 다닥다닥 매달려 있었다.

그 후 2008년, 서울 남산에 올라갔더니 수많은 사랑의 자물쇠가 철망에 덕지덕지 매달려 있었다. 남산에는 2006년부터 자물쇠가 잠기기 시작했다고 한다. 남산 타워 아래층 장난감 가게에서 자물쇠를 파는데, 한 세트(2개)짜리가 하루에 100여 개씩 팔린다고 했다.

사랑의 자물쇠를 걸어놓는 커플들은 변함없는 사랑을 약속하며 지금의 사랑이 자물쇠에 잠겨 떨어질 수 없는 운명이 되기를 기원할 것이다.

변함없는 사랑의 징표로 자물쇠를 잠그고 열쇠는 영원히 찾을 수 없는 먼 곳에 던져버린다. 자물쇠를 잠그는 그 순간의 마음가짐, 그것이 중요해서 사랑의 자물쇠 행위는 계속 이어진다.

오래된 신문에서 읽은 기억이 나는데 사랑의 자물쇠 내력은 이렇다.

2000년대 유럽에서 본격적으로 시작된 사랑의 자물쇠 열풍은 이탈리아 작가 페데리코 모치아의 작품 〈하늘 위 3미터〉와 〈너를 원해〉에서 연인이 영원한 사랑을 다짐하며 자물쇠를 채우는 장면이 시초라고 한다. 오늘날은 세계 각국의 대도시 가로등, 다리, 벤치, 조각물 어디에나 크고 작은 자물쇠가 매달려 있다.

뉴욕 브루클린 브리지도 그 몸살을 피해 가지 못했다. 1883년에 개통한 브루클린 브리지는 강철 케이블이 양옆으로 날개를 펼쳐 아름답기 그지없다. 1층은 차량 통행, 2층은 보행자용 통로로 브루클린에서 맨해튼 방향으로 40분 정도 걸어가면 맨해튼 스카이라인이 보이면서 강철 와이어 가득 사랑의 자물쇠가 걸려 있는 것을 볼 수 있다.

2015년 사랑의 자물쇠 철거 작업 뒤 뉴욕시 교통국 (DOT) 트위터에 노 러브락스(#NOLOVELOCKS)라는 해시태그와 함께 제거한 자물쇠 사진이 게재되기도 했다. 그래도 여전히 관광객과 뉴욕 시민들은 브루클린 브리지에 자물쇠를 매달고 열쇠를 이스트 리버에 버린다. 안전 문제가 대두되면서 종종 자물쇠를 제거하여 쓰레기 매립지에 묻고 있다.

나는 페데리코 모치아의 작품에 등장하는 사랑의 자물쇠보다 훨씬 먼저 있었던 사랑의 자물쇠를 알고 있다.

따지고 보면 사랑의 자물쇠는 사랑놀이에 불과하다고 볼 수도 있다.

사랑놀이 중에 가장 재미있고 흔한 것이 약속인데, 사랑하면서 약속 안 하는 사람이 어디 있겠는가? 약속은 장래의 일을 상대방과 미리 정하여 어기지 않을 것을 다짐함이다.

약속도 약속 나름이지만, 사랑 약속처럼 무서운 것도 없다.

1980년에 방영한 〈사랑의 약속(The Promise of Love)〉이란 CBS TV 드라마가 있었다.

1967년, 캐시 에밀리오는 고등학교 3학년 때 척 웨이크맨이라는 해병을 만나 결혼한다.

척은 베트남에서 복무하라는 명령을 받았기 때문에 그들의 신혼 생활은 단명할 수밖에 없었다. 베트남으로 떠나기 전에 척은 작고 앙증맞은 인형 아기곰을 캐시에게 선물로 주었다.

아기곰 목에는 가는 쇠사슬로 된 목걸이가 매여 있었고 쇠사슬 끝과 끝이 조그마한 자물쇠로 잠겨 있었다. 사랑의 자물쇠인 것이다.

척은 아기곰을 주면서 열쇠는 자신이 가져가겠다고 했다.

그가 없는 동안, 그녀는 아기곰을 안고 잤다. 지역 레크리에이션 센터에서 시간을 보내고 이웃인 로레인 심슨과 친구가 되는데, 로레인의 남편도 베트남 전쟁터에 가 있다.

캐시는 남편이 전사했다는 소식을 듣고 망연자실해 자리에 눕는다.

그녀의 부모님은 그녀가 감당할 수 없는 고통이라는 것을 알고 전쟁미망인 지원 프로그램에 참여시킨다. 그녀의 부모님은 그녀가 그들의 집으로 돌아오기를 원하지만, 그녀는 거절했다.

가족과 친구들의 권유로 캐시는 다시 평범한 삶에 적응하려고 노력하지만, 여전히 어려움을 겪는다.

게다가 그녀는 죽은 남편과 함께 살던 해병대 가족 아파트를 떠나 달라는 명령을 받는다.

조그마한 사랑의 자물쇠를 매단 인형 아기곰을 안고 그녀는 마지못해 척과의 추억이 서린 유일한 장소를 떠났다.

그녀가 막 문을 닫고 있던 레크리에이션 센터 수영장에 들어서는 모습이 매니저 샘 다니엘의 눈에 띈다. 그녀의 과거에 대해 알고 있는 샘 다니엘은 그녀가 자살하려 한다고 의심한다.

그녀가 자살하지 않겠다는 주장에도 불구하고 샘 다니엘은 의심 어린 눈초리로 감시를 늦추지 않았다.

그녀를 동정하면서, 그는 캐시에게 수영 강사로 일하게 했다.

수영장에서 그녀는 열심히 일해서 구급대원으로 승진했다. 그녀는 곧 샘과 더 가까워졌다.

어느 날 저녁, 그들은 술에 취해 키스하고 만다. 이것은 그녀로 하여금 죽은 지 불과 4개월밖에 되지 않은 척을 속이고 있다고 생각하면서 죄책감을 느끼게 한다.

그녀는 심리학 병실을 찾아가는데, 심리학자는 그녀가 자신의 삶을 살아가도록 돕는다.

캐시는 샘이 곁에 있을 때만 행복하다는 반쪽짜리 사랑이라는 걸 느꼈다.

진정한 사랑이 무엇인가를 곰곰이 생각하던 캐시는 다음 날 아침, 샘과 관계를 맺을 준비가 되어 있지 않다는 것을 깨닫는다.

그리고 그녀의 부모님 곁으로 돌아온다.

그녀는 자신의 무모한 행동에 대해 샘에게 사과하지만, 샘은 그녀를 이해할 수 없다고 말한다. 결국, 그녀는 대학에 다니기 위해 마을을 떠난다.

행복의 본질은 사랑이지만 사랑받는다고 해서 행복한 것도 아니고, 사랑한다고 해서 행복한 것도 아니다. 사랑받고 사랑해야 행복하다.

나무의 비밀

―

햇살이 야무진 아침이다.

갑자기 엔진 체인톱 돌아가는 소리가 요란하다.

소리는 온 동네를 휘감고 돌아 멀리 퍼져 나갔다.

이게 웬 시끄러운 소리인가 하고 밖으로 나가 보았다.

옆집 뒷마당에 땅과 하늘을 연결할 것처럼 치솟은 미송(Douglas Fir) 가지치기를 하는 중이다. 벌목꾼이 40m는 되지 싶은 높은 나무 꼭대기에 기어 올라가 아슬아슬하게 매달려 엔진 체인톱으로 톱질을 해 댄다.

그러니까 저 나무의 나이가 자그마치 서른네 살 먹은 나무다.

내가 나무의 나이를 정확하게 알고 있는 까닭은 우리 집을 사서 이사 들어왔을 때 옆집은 빈터였기 때문이다.

봄에 비가 오면 땅에 고인 물에서 올챙이들이 어린이 놀이터인 양 신나게 놀던 때도 있었다.

미스터 펠슨(Felson)이 터를 사서 새집을 짓고 들어왔다.

뒷마당을 꾸미면서 미송을 심었다. 그것도 8그루나 나란히, 촘촘하게 심었다.

30년이 지난 지금 미송은 자라서 키가 40m는 되고도 남는다.

앞으로 얼마나 더 자랄지, 지금도 콩나물 자라듯 쑥쑥 커져만 간다.

누가 저렇게 키가 크리라고 상상이나 했겠는가?

너무 촘촘히 심어서 키만 삐쭉 자라는 것 같다.

나뭇가지를 트림(가지치기)만 하느니 듬성듬성 베어내고 여유를 주는 게 어떠냐고 내 생각을 말해 주었건만, 집주인은 들은 체도 하지 않았다.

매년 나무 트림하는 사람을 불러 서로 엉킨 가지만 트림할 뿐이다.

바람이 몹시 부는 날은 내가 다 겁이 난다.

굴뚝처럼 치솟은 나무가 쓰러지기라도 한다면 우리집으로 덮칠 터인데 그렇게 되면 인명 피해가 날지도 모를 일이다.

그러지 않아도 조간신문에 코스타 메이사에 거주하는 곤살레스(39)가 키 큰 활엽수를 가지치기하다가 사고가 발생했다는 기사가 실렸다. 묵은 나뭇가지를 자르다가 엔진 체인톱이 전력선을 치는 바람에 감전 사고가 나고 만 것이다.

소방관들이 곤살레스를 나무에서 끌어 내렸지만, 목숨을 살려내지는 못했다.

나무 가지치기는 매우 위험한 작업이다.

미국 주택가에는 나무가 많다. 마치 숲속의 집처럼 나무가 무성하다.

집을 지을 때부터 나무가 많았었느냐 하면 그렇지 않다.

처음 집을 지을 때는 기존 나무는 다 베어버리고 터를 닦았을 것이니 나무는 하나도 없었다.

집에 들어와 사는 사람들이 심은 나무다.

처음 묘목을 사다 심을 때는 그 나무가 얼마나 클지, 큰 다음에 어디로 어떻게 가지가 뻗어 나갈지에 대해서는 생각이 미치지 못한다.

그저 나무가 적당히 자라면 보기 좋을 거라는 생각만 할 뿐이다.

내 집이라고 해서 같은 집에서 평생을 살다가 죽는 사람은 그리 많지 않다.

집주인이 여러 번 바뀌다 보면 누가 나무를 심었는지 알지 못한다.

미국 집에 커다란 나무, 아니, 늙은 거목이 많은 이유이다.

맞은편 집 앞마당에도 키가 하늘을 찌르는 야자수 세 그루가 있었다.

미스터 코리아(Correa, 이탈리아 이름)가 살 때는 야자수를 애지중지해서 해마다 나무 트림하는 일꾼을 불러 죽은 잎을 따버리는 작업을 했다.

키가 기린의 목처럼 가늘고 긴 야자수에 기어 올라가면 사람 몸무게를 이겨내지 못한 나무가 휘청거린다.

나무꾼은 겁도 없이 상상 꼭대기에서 죽은 잎을 떼어 밑으로 내동댕이쳤다.

아슬아슬해서 지켜보는 나도 가슴이 조였다.

미스터 코리아가 이사 가고 지금은 멕시칸이 산다.

새 주인은 야속하게도 야자수 세 그루를 몽땅 베어 버렸다.

나무는 주인을 잘 만나야지, 주인 잘못 만나면 제명을 다하지 못한다.

은근히 우리 집을 위협하는 미송이 얼마나 더 자랄 것인지 알아보기 위해 인터넷을 들추다가 미송 숲에서 퍼져 나오는 신선한 공기가 건강에 유익하다는 새로운 사실을 알게 되었다.

"미송이 많으면 공기가 신선하고, 신선한 냄새를 뿜어내기도 하는데 냄새는 피톤치드 때문이다. 미송의 피톤치드는 생존을 위해서 자체적으로 만들어 내는 물질인데 해충들이 왔을 때 자기를 먹지 못하게 하는 섭식 저해 작용도 하고, 번식을 위해서 식물이 자기에게 이로운 곤충을 유인하기도 한다. 피톤치드를 많이 뿜어내는 나무로는 미송이 으뜸이다.

피톤치드는 사람의 질병에 대해서 놀라운 치유력을 가지고 있으며 스트레스 해소에도 도움이 된다."

그동안 나는 미송에 대해서 아는 게 없었다.

미송이 주는 혜택이 지대하다는 것을 알게 되면서 나무가 달리 보인다.

물색없이 키만 크는 줄 알았는데 저 나무가 매일같이 내게 피톤치드를 보내 준다니……

나의 건강을 염려해서 신선한 냄새를 보내오는 것도 알아차리지 못하고 원망만 한 지난날이 부끄럽다.

오늘따라 창밖으로 보이는 미송이 진녹색의 늠름하고 씩씩한 청년으로 보인다.

미안한 나머지 미송에게 씁쓸한 눈인사를 보냈다.

반사적 광영(光榮)

　　사람들은 유명 인사를 만나면 같이 사진 찍기를 원한다. 요즈음은 스마트폰이 발달해서 웬만한 카메라보다 사진이 더 잘 나온다. 대통령과 사진을 찍는다면 대단한 영광이겠으나 그런 기회는 기대하기 어렵다. 어쩌다 연예인을 만나면 당연히 같이 사진 찍는 건 물론이지만, 운동선수라든가 대학교수님 또는 목사님 심지어 알려진 동물하고도 같이 사진을 찍는다. 사진을 찍는다는 것은 얼굴이 나오게끔 얼굴을 디밀고 증명사진을 박는 거다. 사람들이 유명 인사와 같이 사진 찍기를 원하는 까닭은 단순하다. 말은 기념사진이라고 하지만, 실은 마음속 깊은 곳에서는 유명 인사와 같이 사진을 찍음으로써 반사적 광영을 얻기 위해서다.

　　내게는 한 번도 유명 인사와 함께하는 기회 같은 건 없었다. 연예인을 가까운 거리에서 본 일도 없고 유명 인사를 곁에서 모신 일도 없다. 설혹 연예인이나 유명한 스포츠맨을 만날 기회가 있었다 해도 나는 앞에 나서는 성격이 아니어서 뒤에 처져서 차례를 기다리는 동안 기회는 날아가 버리는 게 나의 처세술이다. 이러한 처세술은 결국 기념이 될 만한 사진이 한 장도 없는 인생을 만들고야 말았다.

반사적 광영으로서 최고의 빛을 발하는 누님의 이야기를 하지 않을 수 없다. 내 손주 녀석이 두 살 때의 일이다. 돌아가신 누님은 사진 찍히는 걸 싫어하셨다. 늘 사진 찍기를 거부하는 바람에 그럴듯한 사진도 한 장 없다. 누님이 집에서 아기 손자를 돌보고 있었는데 그때 스냅샷으로 찍은 사진이 한 장 있다. 같이 찍은 사진은 아기 손주가 예쁘게 나오기도 했고 누님도 함께 있어서 지금껏 거실 탁자 위에 놓고 본다. 누님이 돌아가신 지 오래되었고 손주는 지금 아홉 살이다. 손주 녀석이 있기에 그 녀석과 같이 찍은 누님은 영원히 손자와 함께 살아 숨 쉰다. 반사적 광영을 바라고 같이 찍은 사진은 아니지만, 반사적 광영의 혜택을 톡톡히 누리고 있는 누님임이 분명하다.

세월이 흘러 손주가 아홉 살이 되면서 나 같은 할아버지와는 놀려고 하지 않는다. 몇 마디 하다가 재미가 없는지 제 할 일만 한다. 할아버지와 노느니 차라리 혼자 노는 게 낫다고 생각하는 것 같다. 불과 얼마 전까지만 해도 내가 옆에 있어 줘야 마음 편히 놀던 녀석이, 이제 조금 컸다고, 학교에 가더니 세상 물정 좀 알았다고 할아버지는 재미없다는 식이다. 대놓고 말은 하지 않지만, 손주 녀석 눈치를 보면 알 수 있는 거다.

그럴 줄 알고 하나님은 새 손녀를 보내 주셨다. 두 살짜리 손주가 아홉 살이 되면서 내게서 멀어져간 손주 자리를 외손녀가 채워 준다. 외손녀와는 처음부터 다시 시작이다. 내게 찰싹 안기면서 내가 하자는 대로 한다. 외손녀는 아직 내가 재미없는 할아버지인 줄 모른다. 한동안은 외손녀가 좋은 벗이 될 것이다.

돌잔치 때 한복을 곱게 차려입은 외손녀가 하도 예뻐서 부둥켜안고 사진을 찍었다. 한복 입은 외손녀가 깜찍하고 인형 같아서 사진이라도 찍어놓으면 기념이 되겠다는 생각에서 여러 장 찍었다. 잘 나온 사진을 골라 프린팅해서 액자에 넣어 책상 위에 놓았다. 오가며 늘 보지만, 한복 입은 외손녀가 앙증맞은 게 인형 같다.

아침에 책상 앞에 서자, 오늘따라 사진 속 인형 같은 손녀보다 늙은 내 모습이 부각되어 보인다. 웃고는 있지만 웃는 모습 뒤에 숨어 있는 욕심이 보이는 것 같다. 새싹 같은 외손녀의 인생에 얹혀서 반사적 광영을 누리겠다는 심보가 엿보이기 때문이다. 꼭 그렇다고 말할 수는 없지만, 그래도 그런 생각이 들면서 죽어서도 오래 기억되고 싶은 욕심이 도사리고 있는 속내를 보는 것 같아 부끄러운 마음이 드는 아침이다.

빨간 버튼

　
세모(歲暮)를 며칠 앞둔 어느 날, 늘 만나던 한산한 맥도날드에서 친구가 기다리고 있었다.

언제나 그랬듯이 친구와 나는 시니어 커피를 주문했다. 나는 커피를 마시지는 않지만, 아내에게 갖다주려고 받아서 옆에 놓았다.

친구는 처가 죽은 지 일주년이 되는 날이라고 입을 뗐다.

그립고 적적해서 그랬겠지만, 나를 불러놓고 오후 한나절을 처 이야기로 추모를 대신했다.

크리스마스를 막 지내고 며칠 지나지 않았을 때다. 친구한테서 전화가 왔다.

느닷없이 친구 처가 죽었다는 말에 그만 깜짝 놀라고 말았다.

"어떻게? 왜?" 하는 말이 나도 모르게 튀어나왔다.

친구 부인이 당뇨가 있다는 건 알고 있었지만, '그렇다고 갑자기 죽을 수도 있나?' 하는 의구심이 들었다. 친구는 처의 당뇨가 심해서 병원을 드나들었는데 그만 저혈당으로 떨어지는 바람에 급히 응급실로 갔단다. 생판 들어보지도 못한 당뇨 코마에 빠졌다고 했다. 저혈당에서 오는 현상이란다. 그랬다가 다시 깨어났다. 하지만 위인지 장에서 출혈이 심해서였다나? 동맥류 파열이었다나? 하면서 수술을 몇 차례 했지만, 지혈이 되지 않아 수혈량이 출혈량을 감당하지 못하는 지경에 이르러 그만 죽었다는 것이다.

끔찍한 이야기에 나는 충격을 받았다. 그녀의 나이 겨우 예순여덟이었다.

우리는 지금 인류 역사상 가장 의술이 발달한 시대에 살고 있는데, 이해할 수 없는 일이 벌어지다니 망연자실하지 않을 수 없었다.

처가 살아생전 원하던 대로 화장을 하기로 했는데 화장장에서 증인이 있어야 한단다.

화장장이 나의 동네에 있으니 오전 10시까지 와 달

라고 했다.

고속도로에서 빠져나오자마자 푸른 잔디 깊숙이 아름다운 바로크 양식의 이층집이 있다.

나는 그 집 앞을 지날 때마다 저 집에 사는 사람은 얼마나 행복할까 하는 생각을 하곤 했었다.

그런데 그 아름다운 바로크 양식의 이층집이 화장장이라는 사실을 오늘에서야 알았다.

정말 꿈에도 몰랐다.

현관으로 들어서니 오른쪽으로는 교회 예배실 같이 차려놓았고 왼편 로비에는 친지들이 모여 있었다.

친구는 아들과 딸이 하나씩 있는데 딸은 몹시 울어서 눈이 벌겋게 부어 있었다.

나는 친구의 손을 잡았지만, 어떤 위로의 말을 해 주어야 할지 떠오르는 게 없었다.

잠시 후에 망자가 화장으로 사라진다는 것을 직접 목격하고 증언할 사람으로 목사님을 위시해서 친족과 몇몇 사람만 화장실 안으로 들어오라고 해서 나도 들어갔다.

공간이 좁아서 많은 사람이 들어설 수는 없었다.

오른쪽 벽은 온통 스테인리스로 되어 있고 관이 들어 있는 스테인리스 외짝문이 네 개가 있었다.

흰 장갑을 낀 직원이 그중 왼쪽 아래층 문을 열고 서랍 문고리를 잡아당겼다.

서랍이 길게 밀려 나오면서 서랍 속에 친구 부인이 엄숙한 표정으로 말없이 누워있었다.

한 사람씩 다가가 친구 부인임을 확인하고 작별 인사하는 절차를 거쳤다.

간단하게 목사님이 기도도 드렸다.

그리고 다시 서랍을 밀어 넣고 스테인리스 문을 닫았다.

조화가 아름답게 꾸며져 있는 것도 아니었고, 가면 안 된다고 울부짖는 사람이 있는 것도 아니었다.

냉랭한 분위기 속에서 딸만 말없이 퉁퉁 부은 눈을 손수건으로 연신 찍어내고 있었다.

흰 장갑을 낀 직원의 오른쪽 검지손가락이 이승과 저승을 가르는 빨간 버튼을 꾹 눌렀다.

누르는 시간이 1초도 안 걸렸다.

인간이 지구에서 사라지는 데 1초도 안 걸린다.

자동으로 처리되면서 모든 것은 끝났고, 한 인간은

간단하게 흔적도 없이 사라지고 말았다.

죽은 사람이 무슨 작별 인사를 남긴 것도 아니고, 죽기 싫어 발버둥 치는 것도 아니었다.

그냥 다 놔두고 홀연히 떠났다.

사람이 지구를 떠나는 것은 풍선이 하늘로 날아가듯 조용히 바람 따라 사라지는 것이다.

친구 부인의 화장을 보면서 한 가지 깨달음이 있었는데, 멀리 평화롭게 날아가기 위해서는 가벼워야 한다는 사실이다. 이런저런 짐이 있으면 무거워서 멀리 가지 못하고 집 근처를 빙빙 돌기만 하리라.

가볍게 죽기 위해서는 몸과 마음을 미리 비워야 할 것이다.

내가 귀중하다고 해서 모아놓은 것들이, 내가 죽고 나면 쓰레기에 불과한 것들이다.

지니고 사는 쓰레기들을 조금씩 남모르게 내다 버리기로 마음먹었다.

기부도 하고 버리기도 하다 보면 모으는 데 걸린 시간보다 두 곱은 빠르게 줄어들리라.

언젠가 몸과 마음이 깃털처럼 가벼워지는 날, 그날

을 위하여…….

아내가 마실 커피를 들고 한산한 맥도날드를 나와 집으로 향했다.

운전하는 내내 친구 부인이 생각난다.

친구 부인은 키가 크고 늘씬했다.

결혼한 지 몇 달 되지 않은 친구의 신혼살림 모습이 부러웠다.

자극을 받아 나도 결혼식을 올리기로 했다.

크리스마스가 얼마 남지 않은 십이월이었다. 베스트 맨 역할을 맡은 친구와 함께 결혼식에서 입을 턱시도를 맞추러 가던 날 저녁이었다. 그때는 스마트폰도 없던 시절이라 직접 친구네 아파트로 찾아가 문을 두드렸다.

잠시나마 신혼의 달콤한 시간을 빼앗기는 게 아쉬웠던 친구 부인이 아파트 문 앞에 서서 조금은 미안해하면서도 야속한 듯 가냘프고 애틋한 목소리로 "빨리 돌아와." 하며 몇 번이고 당부했다.

지나가 버린 과거 중에서 어떤 순간은 너무도 세세히 기억나는 부분이 있는데, 아파트 문 앞에 서서 배웅

하던 친구 부인의 모습이 그런 장면이다.

지금도 그녀의 목소리가 귓전에 선명하게 들려온다.

"빨리 돌아와~."

아름다운 마무리

가을인데도 가을 같지 않다. 가을이 왔나 했더니 아직 저만치에서 서성인다. 일산 호수 공원으로 가는 길 숲에 박달나무와 플라타너스가 나란히 서 있다. 곱게 물든 잎을 매달고 있는 박달나무는 이미 입력된 프로그램에 따라 잎을 떨군다. 하나둘씩 선별해 가며 떨군다. 순서를 정하는 것도 프로그램으로 정해져 있나 보다. 먼저 떨쳐야 할 잎과 나중에 떨쳐도 되는 잎으로……

77억 세계 인구 숫자보다 많은 잎을 언제 다 떨구려나 한심해 보인다. 나무도 한여름을 같이 지낸 잎과 작별하기가 아쉬워서 꾸물대는 모양이다. 지금처럼 떨구다가는 겨울이 다 지나도 마무리 짓지 못할 것 같다.

박달나무는 곱게 물든 잎만 골라가며 떨구고, 플라

타너스는 시들어버린 잎만 골라가며 떨군다. 박달나무 잎은 떨어졌을망정 곱디고와 산책 나온 나그네의 발길을 멈추게 하고, 밟으면 바스락하고 부서질 것처럼 말라버린 플라타너스 잎은 떨어지고 나면 보기 흉해서 발로 차 버린다. 플라타너스는 잎이 말라비틀어지도록 붙들고 있다가 어쩔 수 없어서 놓아버린 잎 같다. 만지면 바삭 하는 소리가 날 것 같이 말라빠진 잎사귀는 누구에게도 환영받지 못하리라. 마를 대로 말라, 더는 버틸 수 없을 때까지 매달려 있다가 마지못해 떨어진 플라타너스 잎은 가벼운 바람에도 날려 어느 시멘트 담벼락 귀퉁이에 몰려 덜덜 떨며 밤을 지새운다. 비 오는 날, 비에 젖어 길바닥에 거머리처럼 찰싹 달라붙어 최후의 순간까지 시간을 끌다가 결국, 청소부 빗자루질에 쓸려나가고 만다.

박달나무 잎은 촉촉한 물기가 남아 있음에도 불구하고 빨간 옷으로 갈아입고 떨어진다. 욕심을 버리고 일찌감치 스스로 손을 놓는다. 아쉬움이 남아 있으련만, 미련 없이 생명줄인 잎꼭지(petiole)를 놓아버린 용기가 가상(嘉尙)하다. 단풍처럼 곱디곱게 물든 잎은 나무 밑에 수북이 누워 고상하고 아름다운 자태를 뽐내 보인다. 바람이 불어도 나무가 바람을 막아 주어 편안히 누워 나무와 함께 호흡한다.

잎이 발산하는 고운 빛은 공원에 산책 나온 나그네에게 가을이 왔음을 일깨워 준다. 단풍은 아니지만, 곱게 물든 붉은색이 너무 고와 절로 입가에 미소 짓게 한다. 꽃이라도 되는 양 박달나무잎 두어 개 집어 들고 걸어가는 발길이 가볍다. 책갈피에 고이 끼워놓고 생각날 때마다 꺼내 보리라.

계절은 갈 길을 재촉하고 생명은 자연의 순리를 따라가며 사는 게 지혜임을 안다. 하루가 다르게 물들어가는 나무마다 수많은 잎이 매달려 있듯이, 인간도 나뭇잎처럼 지구 인력에 의지해 두 발을 딛고 땅에 매달려 있으리니.

가을이 왔는데도 떨어지기 싫어, 진이 빠지도록 붙들고 늘어져 애걸복걸하는 플라타너스 잎 같은 사람. 의식도 없으면서 여러 갈래 호스를 매달고 버티는 사람. 높고 푸른 하늘을 보며 가을임을 알아차리고 스스로 손을 놓는 박달나무 잎 같은 사람.

아름다운 마무리는 사라지는 게 아니라 만나러 가는 길이다.

누군가를 만나 그의 책갈피 속에 영원히 남는…….

누군가에게 아름다운 추억으로 영원히 기억되는…….

평범하지만 확실한 행복

—

나는 서울에 가면 목욕탕부터 들른다.

따끈한 탕에 몸을 푹 담그고 한참 불린 다음 때를 밀고 나면 피부가 한결 깨끗하고 부드럽다. 피부과 의사는 때가 아니라 피부 보호막인 각질층이라며 벗기지 말라고 하지만, 그게 정말 때인지, 각질인지 나는 모른다. 그러면서도 은근히 신경이 쓰인다. 신경이 쓰이는 만큼 가볍고 부드럽게라도 밀고 나면 개운하고 날아갈 것 같은 기분이다. 작지만 확실한 행복이다.

머리에 거품을 잔뜩 뒤집어쓰고 샤워기 앞에 섰다.

목욕탕 샤워기에서 쏟아지는 소나기 같은 물세례를 맞으며 거품을 씻어낸다.

겨울이라 밖은 쌀쌀해도 목욕탕 안은 열기로 차 있었다.

갑자기 뒤에서 큰소리로 누군가가 고함을 지르는 바람에 깜짝 놀랐다. 뭐라는 소리인지 알아듣지는 못하겠지만, 뭔가 잔뜩 화가 나서 지르는 고함이었다. 목욕탕 안은 벽과 바닥, 천장이 타일로 되어 있어서 큰소리를 지르면 소리의 울림으로 무슨 말인지 알아듣기 어렵다.

나를 보고 지르는 소리 같은데 거품을 뒤집어쓰고 있어서 당장 눈을 뜨고 돌아다볼 수도 없었다. 얼른 거품을 대강이나마 씻어내고 뒤돌아보았다.

뜨거운 탕 안에 갇혀서 나오지 못하고 서 있는 노인이 도움을 청하는 소리였다.

도움도 도움 나름이지, 노인은 탕 안에 겨우 서 있을 뿐, 스스로 몸을 움직여 탕 칸막이벽을 넘어서 밖으로 나오기에는 어림도 없어 보일 만큼 늙고 쇠약해 보였다.

노인은 키가 큰 데다가 갈비뼈가 드러나도록 바싹 말라서 더욱 노쇠해 보였다.

늙고 쇠약해도 목소리 하나만큼은 기차 화통을 삶아 먹은 것처럼 크고 우렁찼다.

나를 보고 지르는 소리가 아니어서 마음이 놓이기는 했으나, 그렇다고 보고만 있어도 되는지, 가서 도와

주어야 하는지, 망설이는 시간이 짧고도 길었다.

여러 번 쩌렁쩌렁한 소리를 지르고 나서야 때밀이 젊은이가 들어왔다.

덩치도 크고 근육질로 무장한 젊은이가 거침없이 탕 안으로 들어서더니 노인을 거의 들다시피 해서 탕 밖으로 나왔다. 익숙하게 처리하는 것으로 봐서 단골손님인 모양이다.

젊은이는 비틀대는 노인에게 곧바로 지팡이를 건네주었다. 노인은 지팡이를 짚고서야 겨우 바로 설 수 있었다.

나는 목욕탕에서 지팡이를 짚고 서 있는 노인은 처음 보았다.

노인은 지팡이를 짚고 서 있을 뿐, 움직이지 않았다. 아니, 움직이지 못했다.

꼼짝도 하지 않고 서서 쩌렁쩌렁한 목소리로 때밀이 젊은이를 다시 불러 세웠다.

노인은 어쩌면 그리도 말랐는지 살이나 근육은 한 점도 없이 뼈에 가죽만 붙어 있었다.

키가 크고 비쩍 말라서 인간 뼈의 구조가 어떠한지 다 드러나 보였다.

마치 생물 실험실에 걸려 있는 사람 뼈다귀 표본을 보는 것 같았다.

때밀이 젊은이가 노인을 부축해서 겨우 때 미는 침대까지 걸어갔다.

이마에 수건을 질끈 동여매고 훈도시처럼 수건으로 앞을 가린 젊은이가 노인을 번쩍 들어서 침대 위에 눕혔다. 노인이 큰소리로 뭐라고 했다. 노인은 귀가 어두워서 목청이 클 뿐 화가 나서 하는 말은 아니다.

젊은이가 베개를 하나 더 가져다가 베개 두 개로 머리를 높여 주는 것으로 보아 베개를 높여 달라고 주문했던 모양이다.

모르기는 해도 때밀이도 노인의 뼈가 부러질까 봐 살살 밀었을 것이다.

내가 처음 목욕탕 안으로 들어섰을 때 노인은 뜨거운 물에 목까지 몸을 담그고 앉아 있었다.

늙을수록 뜨끈뜨끈한 탕이 그립고 더운 물속에 몸을 담그고 싶을 것이다. 때가 많아서가 아니라 각질에 비듬이 많아서 목욕을 자주 하지 않으면 방바닥이며 요에 비듬이 떨어진다.

구석구석 끼어있는 노인 냄새도 씻어내야 한다.

추운 날, 뜨거운 탕에 몸을 담그고 있으면 따뜻하고 포근한 느낌에 피로가 저절로 풀리는 기분이다. 나도 늙어 봐서 아는 건데 노인의 차가운 손과 발은 뜨거운 물에 담그고 있어야 더워진다. 심장에서 더운 기운을 스스로 발산하지 못하는 나이쯤 되면 외부에서나마 더운 기운을 받아들여서 기력을 회복하고 싶다.

겨우 지팡이에 의지해서 거동할 능력밖에 없는 노인 일망정 뜨거운 물에 몸을 담그는 작은 행복감을 느껴보고 싶은 심정은 누구보다 더하면 더했지, 덜하지는 않으리라.

그것도 추운 겨울날에는······.

나는 뜨끈뜨끈한 탕에 들어가 살며시 몸을 담그고 얼굴만 내놓았다. 피부로 스며드는 열기가 부담스럽기도 하지만, 그보다는 좋은 면이 더 커서 꾹 참고 견딘다. 얼마 지나지 않아 심장이 스스로 열을 내는 게 아니라 열기를 받아 다시 달아오르면서 열을 발산한다.

이마에 땀방울이 맺힌다. 보잘것없는 일련의 평범한 과정은 작지만 확실한 행복이다.

지팡이에 의지해 걸을 수밖에 없는 노인의 목욕탕 출입을 보면서 나야말로 내 발로 행복을 찾아다니는 축복받은 행운아가 아닌가 생각해 보았다.

　　목욕탕 드나드는 나이가 정해진 것은 아니지만 그래도 때가 있는 것이다. 어린아이가 보호자 없이 혼자 들어가면 안 되는 것도 그렇고, 겉으로 보이지 않는다고 해서 전염병자가 드나드는 것도 예의는 아니다.

　　노쇠한 노인이라고 목욕탕 출입이 금지된 것은 아니지만, 서리 내린 가을에 호박꽃이 핀 것처럼 가련해 보이는 것도 사실이다.

　　나는 뜨거운 탕 속에 앉아서 '내가 저 나이가 되면 어떻게 할 것인가?' 하고 스스로 질문해 본다.

빨간 대추

시골에서 사는 친구로부터 대추 한 보따리를 택배로 받았다. 보따리라고 해 봐야 배추 한 포기만 하다. 시장에서 파는 둥글고 굵은 대추가 아니고 옛날 대추처럼 조금 길쭉한 게 한입에 쏙 들어가기에 알맞다. 빨간색도 여러 가지인데 대추는 짙은 빨강으로 핏빛에 가깝다.

한 대접 덜어서 씻어놓고 그 자리에서 다 비웠다. 금방 따와서 싱싱한 대추의 껍질이며 속살 맛이 사과와 비슷한 게 옛날 맛을 그대로 지니고 있다. 대추 살은 물기가 적어서 파삭파삭하지만, 달콤새콤한 게 대추 향이 살아있다. 어떻게 벌레 먹은 것 하나 없이 고르게 통통한지 알다가도 모르겠다. 푸른색이 도는 대추도 하나 없이 골고루 빨갛다. 요새는 농사 기법도 발달해서 벌레 먹은 대추도 하나 없이 잘 익어 고루 빨갛게 일군다. 열매가 이만큼 때깔 좋고 깔끔해지기까지 얼마나 많은 손길을 거쳤을까?

친구는 대추를 비닐하우스에서 기른다고 했다. 밖에서 기르면 직사광선을 받아 대추 표면이 딱딱해지고 갈라지기 때문이란다. 겨울이 오기 전에 가지치기를 해 줘야 하고 땅에 거름을 듬뿍 줘야 봄에 꽃이 많이 피고 벌들이 부지런히 꽃가루를 나른단다. 대추나무가 어른 키 높이 만큼에서 더는 자라지 못하게 설정해 주어야 관리하기 편하고 비닐하우스에서 자랄 수 있다고 했다. 비닐하우스에서 곱게 길러 수확한 대추만이 상품 가치가 있단다. 친구의 설명을 듣고 나니 대추 농사가 거저먹기가 아니라는 생각이 들었다. 정성을 들여야 돈이 된다.

예로부터 대추는 우리나라에 흔한 열매다. 나의 외할머니 집에 대추나무가 한 그루 있었다. 대추는 가을에 털어낸다. 일일이 따지 않고 날을 잡아서 긴 장대를 들고 털어내는 것이다. 대추나무가 우물가에 있어서 대추가 우물로 떨어지는 바람에 아까워하던 생각이 난다. 대추 터는 날은 잔칫집 같았다. 동내 아이들이 모여들어 실컷 먹고 잔뜩 싸 들고 가기도 했다. 어린 나도 그날만큼은 마치 내 대추를 거저 주는 것처럼 으스대며 우쭐댔다.

친구가 보내온 작은 대추 알이 어렸을 때 기억을 불러오고 그 맛을 되새겨 준다. 건강식품이 쏟아져 나오는 오늘날에도 대추는 건강에 좋은 열매로 정평이 나 있어서 먹을 때마다 보약을 먹는 기분이다.

작년에도 친구가 대추 한 박스를 보내와서 혼자 다 먹지 못하고 조카를 불러서 나눠 준 일이 있다. 친구는 대추 농사를 벌이로 짓는 건데 내게 맛보라고 그냥 보내 줘서 받아먹기만 해도 되는 건지 고맙기만 하다.

이번에 보내온 대추는 비닐봉지에 넣고 겉은 누런 부대 종이로 포장했다. 포장지를 투명 테이프로 꼼꼼히 둘둘 말아 터지지 않게 감쌌다. 소박한 보따리 묶음 솜씨에서 사랑이 덕지덕지 묻은 손길이 느껴진다. 옛날 친구네 농촌 마을 도도리의 향기가 묻어 있다. 소포 포장을 뜯어내니 대추에서 풍기는 향이 마치 우리 어려서 놀던 초가집 짚 냄새 같다. 대추 맛은 추억을 끌어올리는 낚싯바늘 같아서 깊숙이 잠겨 있던 기억을 낚아 올린다.

중학교 때는 친구네 집엘 뻔질나게 놀러 갔다. 그때가 추석이었다. 대추나무에 털다 남은 대추 몇 알을 따느라고 온갖 수선을 다 피우던 생각이 난다. 그때는 친구 어머니도 생존해 계셨다. 아들 친구를 잘 대접해야 한다면서 정성을 다하시던 모습이 그립다. 부엌에는 친구 어머니와 막내 누님이 있었고, 우물가에서는 여동생이 물을 긷고 있었다. 아버님은 소 꼴을 한 짐 지고 대문 안으로 들어오셔서 외양간 암소에게 베어온 꼴을 푸짐하게 넣어주셨다.

기차를 타고 돌아올 때면 친구가 이십 리 길을 걸어서 송정리역까지 배웅해 주던 그런 시절이었다. 집은 그 자리 그대로인데, 사람은 다 바뀌었다. 어릴 때 추억을 기억하는 사람은 달랑 친구뿐이다. 빨간 대추를 보면서 옛 추억이 그리운 까닭은 친구 어머니의 포근한 정이 아들에게 대물림되어 친구도 정이 넘쳐나기 때문이다.

참기 어려운, 하고 싶은 말

       오래전, 내가 한창 사업에 몰두해 있던 젊은 시절의 이야기다.

하루에 한 차례씩 산 마테오 28가에 위치한 지점에 들르곤 했다. 본점과 지점과의 거리는 고속도로로 30분 거리여서 조금 멀리 떨어져 있었고, 지점에는 독일 출신 '이바'라는 여직원이 근무했다.

그날도 업무상 지점에 들렀는데 이바가 미국인 할머니와 웃으면서 이야기를 나누고 있었다.

손을 내밀어 악수하는 할머니는 롤리 슬레이트(Rolly Slatt)라고 자신을 소개하면서 나이가 65세라고 나이까지 말해 준다.

언뜻 듣기에 조금은 주책없는 할머니인가 하는 인상을 받았다.

내가 한국인이라는 사실을 알고, 롤리는 생애 두 번

째로 만나는 한국인이라면서 무척 반가워했다. 반가운 나머지 내 손을 잡고 놓아주지 않았다.

그러면서 꼭 보여주고 싶은 게 있으니 자신의 집에 같이 가자고 사정하다시피 했다.

그때만 해도 나는 한창 사업으로 바쁜 몸이었고 더군다나 근무 시간에 사적인 일로 남의 집을 방문한다는 건 있을 수 없는 일이라고 생각해서 한 발 뒤로 물러섰다.

롤리가 "꼭"이란 말을 강조하면서 보여주고 싶은 물건이 있다는 바람에 그 물건이라는 게 무엇인지 은근히 궁금했다. 못 이기는 척하고 그녀와 함께 가 보기로 했다.

그녀는 신이 나서 전화로 자신의 어머니를 불러댄다. 귀한 한국인 손님이 내 집을 방문할 것이니 지금 당장 자신의 집으로 오라는 호출 메시지를 전한다. 그러면서 이웃에 사는 자기 어머니가 여든여덟이지만 아직도 스스로 운전하고 다닐 정도로 정정하다고 반은 자랑스럽게 말했다.

나는 샌프란시스코 지역에서 오래 살면서 기회 있을

때마다 골동품 가게에 들러 그림을 살펴보는 버릇이 있다. 골동품 수집을 한다거나 골동품에 취미가 있어서가 아니라 나는 나대로 찾는 그림이 있기 때문이었다.

어느 날 신문 묶음 기사에서 박수근 화백의 이야기를 읽었다.

1960년대에 서울 반도 호텔 일 층에 반도 갤러리라는 작은 갤러리가 있었는데 박 화백의 그림도 걸려 있었다.

그때 '마가렛 밀러'라고 하는 미국인 여자 고객이 박 화백의 그림을 무척 좋아했다.

마가렛 밀러는 샌프란시스코로 건너간 다음에도 박 화백과 편지 연락을 주고받았다. 밀러 여사로부터 그림을 미국에서 팔아보면 어떻겠냐는 제의를 받고 박 화백이 그림 십여 점을 샌프란시스코 그녀의 집으로 보냈다.

그 후 그림이 팔렸다는 소식은 들려오지 않았고, 세월이 흘러 그녀의 소식마저 끊겼다.

나는 이 이야기를 잊지 않고 있다가 한국에 갔을 때 양구 박수근 미술관을 두 번이나 방문했다.

미술관 전시실에는 흑백 사진 한 장이 걸려 있는데 사진은 마가렛 밀러의 집 리빙룸에 박 화백의 소품 아홉 점을 걸어놓고 찍은 사진이다. 1958년 박 화백이 팔아달라고 보낸 그림들이다. 당시만 해도 통신 수단은 오로지 편지뿐이어서 밀러 여사가 보낸 편지도 전시되어 있었다.

밀러 여사의 편지 중에 "어떤 일이 있어도 낙심하지 않으셨으면 합니다. 우리는 당신이 언젠가 유명한 인물이 되리라 믿고 있기 때문입니다. 몇 가지 색상과 화풍은 변함없이 지속해 나가셨으면 합니다."라는 내용이 있는 것으로 보아 밀러 여사의 그림 보는 안목이 대단하다는 것을 알 수 있었다.

박 화백이 살아생전 그림들이 팔렸다는 소식은 듣지 못했으니 지금 그 그림들은 어디에 있을까?

2009년 뉴욕 크리스티에서 열린 아시아 미술 경매에서 박수근의 1964년 작 〈풍경〉(16.5×34.3cm)이 80만 6,500달러(9억 6천만 원)에 낙찰됐다. 또한 〈귀로〉가 65만 7천 달러(7억 8천만 원)에 팔렸다. 이 그림은 캘리포니아에 거주하는 65세의 미국인 여성이 1960년 초, 한국에서 여아 입양 수속을 밟던 중에 우연히 반도 갤러리에 들렀다가 20달러에 구매한 그림이라고 한다. 그 외에도 〈엄마의 아이〉, 〈두 여인〉(1964년 작)도 팔렸다.

모두 소품인 데 비해서 고가에 팔린 것이다.

나는 이런 사실을 알고 있었기에 기회가 있을 때마다 샌프란시스코와 근교의 골동품 가게에 들러 고화를 살펴보곤 했다.

60여 년 전에 미국으로 건너온 박수근 화백의 그림 십여 점의 행방을 찾기 위해서였다.

내가 롤리의 뒤를 따라 그녀의 집으로 향했던 이유 중의 하나도 바로 그런 사유 때문이었다.

그녀의 집은 부자들이 사는 벌링게임 주택가에서도 십자 거리 코너에 널찍하게 자리 잡고 있는 고급주택이었다. 아닌 게 아니라 그녀의 어머니도 와 있었다.

우리는 리빙룸 소파에 앉아 그녀가 끓여주는 커피를 마셨다.

그녀와 그녀의 어머니는 오래전 기억을 서로 맞춰가면서 이야기를 풀어나갔다.

그녀의 아버지는 이미 돌아가셨고 여든여덟의 어머니만 살아계신다. 어머니의 말로는 자기 남편 해리 리델(Harry Leddel)이 USC(University of Southern California)

를 졸업했다. 남편 해리의 대학 동창이면서 가장 친한 친구가 한국인 필립 안(Philip Ann) 영화배우라고 했다.

두 사람은 친해서 서로의 집에서 자고 가기도 했다. 해리가 필립의 집에 가 보면 그의 아버지 안창호 선생은 독립운동을 했다는 죄목으로 서울에서 감옥에 수감되어 있었고, 필립의 어머니가 가족 생계를 위해 세탁소를 운영했다.

남편 해리는 필립 어머니의 세탁소에서 다리미로 자신의 옷을 직접 다려 입기도 했다.

세월이 흘러 USC 동창 중에 드와이트 채핀(Dwight Chapin)이라는 친구는 닉슨 대통령 특별 보좌관을 거쳐 Appointment Secretary(장관)로 승진해 있었다.

필립 안이 USC 출신이라는 사실을 알고 박정희 대통령 측근으로부터 연락이 왔다.

당시만 해도 박 대통령은 독재자로 불리던 시절이었다. 그런 박 대통령이 닉슨 대통령을 만나고 싶어 하는데 다리를 놓아달라는 부탁을 받았다.

필립 안은 박 대통령 대리인의 부탁을 들어줄 사람으로 친구인 해리 리델을 소개해 주었다.

리델이 닉슨 행정부의 장관인 동창 드와이트 채핀을

만나게 해 주는 식으로 연결을 이어갔다.

롤리와 롤리의 어머니는 1970년대 초, 박 대통령 측근들이 자신의 집에 자주 드나들었다고 들려준다.

롤리의 어머니 그러니까 해리 리델의 부인은 그때 박정희 대통령으로부터 선물로 받은 도자기기 있다고 했다. 내가 직접 도자기를 봤으면 했는데 도자기는 동부에서 사는 아들에게 물려줘서 아들네 집에 있다고 해서 아쉽게도 보지 못했다.

하지만 롤리가 웃으면서 나도 선물 받은 게 있다고 보여주겠단다.

리빙룸에서 가장 눈에 잘 띄는 벽난로 선반 위에 고이 모셔둔 빨간 상자를 들고 왔다.

보석상자다. 그러니까 1972년 자신이 결혼할 때 아버지의 친구인 영화배우 필립 안이 준 결혼 선물이라고 했다.

빨간 옻칠을 한 자개 보석 상자가 예쁘고 앙증맞아 보였다.

오래된 앨범을 들고나와 결혼식 때 찍은 사진들도 보여준다. 사진 속에 젊은 필립 안도 같이 찍혀 있다.

이야기를 듣고 일어날 즈음에 할머니가 말했다.

이 이야기를 누군가 한국인에게 들려주고 싶었지만, 기회가 없었노라고 하면서 이것이 숨겨진 정치 뒷이야기가 되지 않겠느냐고 했다. 하고 싶은 말은 해야지, 참고 있으면 병이 된다.

오랫동안 하고 싶은 말이 있어도 해 줄 사람이 없어서 참기 어려웠던 이야기를 속 시원하게 털어놓아서인지 할머니와 딸 롤리의 얼굴이 밝고 기분 좋아 보였다.

행복한 삶

　　아침에 잠에서 깨어 눈을 떠 본다. 일어나기에는 조금 이르다. 다시 눈을 감고 뜸을 들인다.

　더는 잠이 올 리 없고 이런저런 생각이 책장 넘어가듯 지나간다. 나는 이 시간이 하루 중에서 가장 행복한 시간이다. 뒤치락거리면서 지난밤에 꾼 꿈을 되새겨 본다. 꿈은 대개 새벽녘에 꾼다. 꾸고 나서도 또렷하게 기억나는 꿈은 그리 많지 않다. 꿈에 생뚱맞게 외할머니가 보였는데 특별히 기억나는 건 없다. 엊그제 이종사촌 누님을 만나 외할머니 이야기를 나눴더니 꿈에 나타나신 모양이다. 만날 수 없는 그리운 사람을 꿈에서라도 보게 된다는 것은 행복한 일이다. 내가 행복하다고 하는 까닭은 외할머니가 현몽하시면 이상하게도 일이 잘 풀리기 때문이다.

1·4 후퇴 때 피난 갔다가 다시 서울이 수복됐을 때의 이야기다. 도강증이 있어야 한강을 건너 서울로 들어올 수 있었다. 어머니는 피난처 대구에 그냥 남았고 도강증이 없어도 강을 건널 수 있는 아이들만 먼저 기차를 타고 서울 외할머니 집으로 돌아왔다. 피난 나가지 않고 집을 지키던 외할머니는 갑자기 들이닥친 외손자들 때문에 끼닛거리를 마련하느라고 돈암동 시장 입구에서 수수전병을 부쳐서 파셨다. 외할머니는 늘 웃는 얼굴이었다. 웃음은 전파력이 강해서 옆에 있는 사람도 웃게 만든다. 가난 속에서도 웃음을 잃지 않고 항상 기뻐하시던 외할머니는 자신은 그렇지 않아도 남들을 행복하게 해 주는 마력을 지닌 분이었다.

'백 년 전에 살았던 사람' 하면 까마득한 역사 속의 인물처럼 들리지만, 실은 나의 외할머니만 해도 백 년 전에는 젊은 꽃다운 청춘이었다. 외할머니는 18살에 가평에서 옷 바위로 시집오셨다. 우리말로 옷 바위를 일본 강점기 때 의암(衣岩)이라고 한자로 표기해서 지금 사람들은 의암이라고 알고 있다.

외할머니는 똑똑하셔서 혼자 한글을 깨치고 신문도

읽으셨다. 딸 넷에 막내로 아들 하나를 두셨는데, 아들은 서울로 유학 보냈다. 아들은 공부를 잘해서 경성제국대학 의학부(서울대학교 의과대학 전신)에 다녔다. 방학이 돼서 집에 올 때면 마포나루에서 나룻배를 타고 한강을 거슬러 올라와 신년강을 거쳐 옷 바위까지 오곤했다. 경춘선 철로가 개통하기 전이니까 작가 김유정과 이웃 마을에서 살면서 서울 유학을 했던 시절이다. 그때는 강줄기가 고속도로를 대신하고 있었는데 마포나루에서 나룻배를 타고 춘천까지 사흘이나 걸렸다고한다. 이종사촌 누님은 그 광경을 이렇게 그렸다.

"같이 유학하던 여학생이 한 명 있었는데, 강을 따라 노 저어 가는 배에 두 사람이 타고 가는 심정이 어땠겠니? 그것도 달밤에 사흘씩이나……"

말하는 누님의 입가에 묘한 미소가 흐른다. 이종사촌 누님은 구순이 가까운 나이에도 여자여서 그런지 로맨스만 떠올린다. 외할머니의 아들, 그러니까 나의 외삼촌은 방학 때 집에 와 있다가 장질부사에 걸려 몹시 열이 났다. 춘천 도립병원에 입원시켰다. 외할머니의 회상으로는 의사들이 열을 내리겠다며 얼음찜질을 해대더란다. 열이 펄펄 끓는 아들에게 얼음을 들이대니 사람이 살 수 있겠느냐고 했다.

외할머니는 아들의 죽음을 잘못된 의술 탓으로 돌렸다. 외할머니는 상원사 큰 절에 가서 부처님께 무릎이 닳도록 빌었다. 간절한 소망도 하염없이 물거품이 되고 말았다. 아들이 죽고 난 다음에 부처님도 별것 아니더라 하시면서 천주교로 개종하셨다.

이종사촌 누님이 외할머니를 생각하는 마음은 누구보다도 각별했다. 누님이 시집갈 때 외할머니는 어미 없는 외손녀가 불쌍해서 손수 이불을 지어 주셨단다. 그때는 고마움을 몰라서 아무런 보답도 해 드리지 못했는데, 지금 생각하면 가슴이 저민다고 누님은 몇 번이고 되뇌었다.

돌이켜보면 외할머니는 불행한 인생을 사셨다. 막내 외아들을 장질부사로 잃었지, 넷째 딸은 6·25 때 북으로 넘어가 생사조차 모르지, 둘째 딸은 서른아홉에 애 낳다가 죽었지, 셋째 딸은 스물아홉에 과부가 됐지. 자식이 앞서가거나 잘못되는 꼴을 보는 것은 지옥 같은 악몽이다. 한 여자의 일생이 순탄하지 못하다는 것은 불행한 인생의 표본일 것이다. 예나 지금이나 세상에서 가장 행복한 인생은 못 볼 꼴을 안 보는 인생이다. 마음대로 되는 건 아니지만, 끝나는 날까지 못 볼 꼴 안 보고 사는 것이야말로 확실히 행복한 인생이다.

참으로 다행인 것은 나는 지금까지 못 볼 꼴은 겪지 않았다. 나는 이 나이를 먹도록 행복한 인생을 사는 게 당연한 것으로 알고 지냈는데 외할머니의 인생을 되짚어 보면서 당연하다는 것에 너무 익숙해서 감사한 줄 모르고 살았다는 것을 알게 되었다. 이것은 단순히 당연한 것이 아니라 내게는 시대를 잘 타고났다는 것도 있고, 인덕이라는 것도 있어서 두루두루 맞아떨어졌기 때문이리라.

전쟁통에 배가 고파서 남의 물건도 집어다가 먹을 것으로 바꿔먹던 못난 어린 손자를 끔찍이 귀여워해 주시던 외할머니, 안 될 일도 되게 해 주시던 외할머니가 있었기에 오늘날 내가 존재한다고 믿고 있다. 나에게 있어서 외할머니는 영원한 경애의 대상이라고 해도 과언이 아니다. 지금도 꿈에 외할머니가 나타나시면 그날은 어떤 좋은 일이 있으려는지 기대된다. 무언가 확실한 행복을 안겨주실 것 같은 믿음이 생기곤 한다.

Part 2

자카란다의 품에 안겨서

—

딸네 집 앞에서 딸이 오기를 기다린다.

사랑스러운 딸을 오래간만에 보러 갔다.

딸의 목소리가 전화통에서 들린다. 15분이면 집에 도착할 거란다.

날씨는 선선해도 여름 햇살은 어디가 달라도 다르다. 마빡이 벗겨질 것처럼 따갑다.

햇볕이 따가워서 땡볕 아래에 서 있다가는 금방 지칠 것 같다.

나무 그늘에 서 있었으면 좋으련만, 주변에 키 큰 나무도 없다.

꽃 숲으로 몸을 숨겼다.

꽃 숲이라고 말하면서도 꽃 숲이 맞나 하는 생각이 든다.

사실은 꽃나무다.

꽃나무는 꽃나무인데 나무가 온통 꽃으로 덮여 있어서 꽃 숲이라고 말해도 된다.

나뭇가지가 무성하게 뻗어났고 가지마다 꽃들이 포도송이처럼 주렁주렁 매달려 있어서 나뭇가지 사이로 안을 엿볼 수조차 없다. 가지는 늘어져 땅에 닿아 있어서 나무 전체로 보면 나무 같지 않고 숲 같아 보이지만 실은 나무다.

나무가 숲처럼 생겨 먹은 데다가 전체가 꽃이니 꽃 숲이라고 해도 틀린 말은 아니다.

그늘을 찾아서 꽃 숲으로 들어섰다.

가슴부터 꽃이 덮어 가면서 몸이 꽃 숲에 갇혀 있는 기분이다.

디디고 서 있는 흙에도 떨어진 꽃송이가 겹겹으로 둘러싸여 있어서 꽃이 신발을 덮었다.

꽃을 밟고 서 있자니 산지사방이 온통 꽃이다.

연보라 꽃이 포도송이 달리듯 주렁주렁 달려 있다.

재스민은 아니면서도 재스민 향기로 가득하다.

꽃 숲에서 꽃향기를 너무 많이 마셔서 향기에 취해 어지럽고, 어지러우면서도 행복하다.

옷에도 몸에도 꽃향기가 배어들어 움직일 때마다 꽃

향기가 풀풀 난다.

사랑스러운 딸을 만나는 날, 달콤한 재스민 향기와 같이 기다린다는 것 하나만으로도 이미 축복은 충만하다.

연보라 꽃이 만발하고 풍만한 자태로 보아 꽃은 전성기를 달리고 있는 게 분명했다.

꽃도 소녀 시절이 있고, 청춘도 있을 테고 노년기도 있을 것이다.

언뜻 보아도 이 꽃은 전성기인 청춘이 분명하다.

15분이면 온다던 딸은 30분이 지나도 나타나지 않았다.

나는 짜증이 날 만도 했지만, 꽃 숲이 주는 행복 때문에 여유를 갖고 기다리기로 했다.

한창 젊을 때는 "시간은 돈이다."라는 말을 믿고 살았다.

'시간=돈'. 사람을 정신없이 바쁘게 만드는 공식이다.

그러나 늙고 보니 남아도는 건 시간인데, 시간은 돈이 아니다.

예나 지금이나 시간은 그대로인데 가치를 돈에다 두니까 시간이 돈이 되고 만다.

은퇴 후 시간의 가치를 마음의 여유에 두니 한가롭고 편안하며 유유자적하다.

'마음의 여유', '여유 공간', '삶의 여유'. 듣기만 해도 평화롭고 흐뭇한 느낌이다.

오래 기다렸지만 사랑스러운 딸을 보자마자 미소가 저절로 흐르면서 반갑다.

꽃향기가 마음을 누그러뜨려 오히려 행복하다.

딸에게 꽃 이름을 물어보았다.

앱을 열어 사진을 찍고 '자카란다(Jacaranda)'라는 이름을 알아냈다.

설명에 의하면 나무는 20m까지 자란단다. 나무는 껍질도 얇고 매끄럽다.

꽃은 밝은 적갈색을 띠면서 엷은 보라색이다.

꽃의 길이는 5㎝ 정도이며 꽃이 포도송이처럼 주렁주렁 달리면서 송이가 30㎝ 정도로 늘어진다. 20년이면 다 자란 성인 나무로 꽃이 만발하게 된단다.

여자 나이 스물이 꽃다운 나이라던데……

어쩌다가 스무 살 자카란다의 품에 안겨 향기로운 꽃내음을 만끽하다니…….

행복도 철 따라 다르다

막내딸한테서 카톡으로 손녀들 사진 여러 장이 왔다.

큰애가 네 살, 작은 애가 두 살이다. 큰애만도 찍고 둘이서도 찍었다.

배경을 보니 어디 놀러 간 모양이다.

며칠 전에 통화했는데 두 살짜리 손녀가 아파서 일주일째 병원 드나들면서 고생이 심하다면서 이제 겨우 나았다더니 그새 놀러 간 모양이다.

아내가 집에 있을 때는 일주일이 멀다고 애들을 데리고 우리 집에 와서 실컷 먹고 놀다가 가더니, 아내가 한국에 가고 없으니 발길이 뚝 끊겼다.

자그마치 두 달째 코빼기도 보지 못했다.

애들이 아파서 죽겠다더니 놀러 다니는 데는 지장이 없는 모양이라고 아내에게 카톡을 보냈다.

아내는 딸에게 물었고, 내게도 회신이 돌아왔다.

딸이 애들 데리고 일주일간 샌디에이고에 놀러 갔단다.

다음날도 사진 여러 장이 한꺼번에 몰려왔다.

아이들이 놀이기구를 타고 노는 모습을 이리 찍고 저리 찍고, 행복하게 웃는 얼굴만 골라서 찍었다.

아이들 사진은 언제 보아도 귀엽다. 설혹 나와 무관한 아이도 웃는 아이는 예쁘다.

웃으면서 행복한 마음 외에 딴마음을 품지 않았기 때문일 것이다.

애들 사진을 열 장도 넘게 받았다.

다음 날도, 그다음 날도 사진은 수도 없이 많이 온다. 모두 아이들 사진뿐이다.

심지어 달리는 차 안에서 찍은 사진이며 동영상까지 연달아 올라온다. 차 안은 사랑으로 가득 차 있다.

사진 배경으로 보이는 차 속을 보니 딸네 차가 아니다.

"차 어디서 났니? 혹시 새 차를 산 거 아니냐?"

카톡을 보내놓고 기다려도 회신은 없다.

다음 날 렌트한 차라는 연락이 왔다. 묻기는 딸에게 물었는데 대답은 아내에게서 받았다.

내가 알기로는 딸이 타는 차가 고물이 돼서 장거리 운전이라면 불안할 터인데 어떻게 갔나 했더니 차를 렌트했다는 이야기였다.

딸이 돈 안 쓰는 짠돌이가 돼서 고물차를 타면서도 바꾸지 못하는 주제에 렌터카를 해서라도 아이들 행복해하는 모습만큼은 꼭 봐야겠다는 심보였다.

또다시 사진 스무 장을 받았다.

카톡이 온통 딸네 아이들 사진으로 꽉 찼다.

이번에는 씨월드 샌디에이고 고래 쇼를 보러 가서 찍은 사진이다.

아이들이 좋아서 어쩔 줄 모르는 사진들이다. 행복해하는 모습이 몸 전체에서 샘솟는다.

딸은 아이들과 행복한 시간을 보내고 있다.

행복해서 누가 나의 행복을 봐줬으면 하는 마음에서 사진을 마구 보낸다.

아이가 예뻐서 죽겠다는 애정 공세가 이만저만이 아니다. 아이가 우는 모습도 귀여워서 찍어 보낸다. 실은 이런 모습은 제 눈에만 귀엽게 보였지, 남의 눈에는 보기 싫은 모습이다.

그래도 나는 딸이 행복해하는 모습을 보면 나도 행복하다.

그렇다. 나도 네가 아이였을 때 지금 너처럼 씨월드 샌디에이고 고래 쇼에 너를 데리고 갔었지.

그때도 오늘 네가 누리는 행복을 나도 누렸었단다.

오늘 네가 누리는 행복은 다음 네 딸들이 자라서 지금 너처럼 행복한 사진을 끝없이 보내 주려니…….

많이 행복하려무나. 행복도 철 따라 다르단다.

씨도둑질을 하고 나서

아침밥을 먹다가 뒷마당을 내다보았다.

봄 날씨치고는 칙칙한 게, 영 해가 날 것 같지 않다.

나무라고 하기엔 어딘가 조금 미흡한 한해살이 식물인 가지 줄기 사이로 노란 호박꽃이 보인다.

나는 깜짝 놀랐다. 그렇게도 오매불망 기다리던 호박꽃이 피었다니!

"어! 호박꽃이 피었네!" 나도 모르게 큰 소리가 절로 나왔다.

아내는 이미 나가서 보았다면서 여러 개가 피었는데 모두 수컷 꽃만 피었으니 헛것이란다.

호박을 심어놓고 잎이 엄청나게 크고 넝쿨도 실한데 꽃이 피지 않아 늘 살피던 중이었다.

수컷 꽃이건, 암컷 꽃이건 호박꽃이 피었다는 건 이제부터 시작이라는 의미여서 좋은 징조라고 생각했다.

아침을 다 먹고 슬슬 텃밭으로 나가 보았다. 노란 호박꽃이 여기저기 피었다.

호박꽃은 나팔꽃처럼 아침에만 핀다. 그러나 호박꽃은 고등 식물과에 속해서 나팔꽃처럼 어지자지가 아니다. 호박꽃은 매우 똑똑해서 암컷 꽃과 수컷 꽃이 엄연히 구분되어 있다. 날이 밝으면 꽃을 피워 놓고 부지런히 사랑을 구애한다.

수컷 꽃은 별처럼 꽃잎이 다섯에다가 꽃 속에 노란 꽃가루를 뒤집어쓴 수술이 있다.

암컷 꽃은 고귀한 귀족처럼 우아하다. 진노란 꽃잎을 활짝 벌려놓고 풍만한 암술을 내보일 때면 누가 보아도 탐낼 만큼 성숙한 아름다움이 마치 입맞춤을 기다리는 처녀의 입술 같다.

암컷 꽃은 수컷 꽃보다 꽃송이가 조금 더 크고 짙은 노란색이다.

꽃 속의 암술도 황금빛을 띠며 생김새도 도톰하고 탐스럽다.

암꽃은 수꽃과 달리 꽃받침 밑에 아기 호박을 달고 있지만, 수정이 안 되면 곧 떨어지고 만다.

수컷 꽃은 꽃잎이 다섯 개인 데 비해서 암컷 꽃은 꽃

잎이 여섯 개이면서 꽃잎 하나하나가 수컷 꽃잎보다 더 넓고 크다.

호박꽃의 꽃말이 '관대함', '포용'이라던가? 꽃말처럼 큰 꽃잎으로 뭐든 다 포용해 줄 것만 같은 관대함이 넘쳐나 보인다.

호박꽃은 지혜로워서 곤충의 눈에 쉽게 띄기 위하여 진노랑 꽃을 허공에 활짝 열어놓고 꿀벌이 날아들기를 기다린다.

인간은 겨우 수십 년 전에야 여러 가지 색깔 중에서 노란색이 눈에 제일 잘 띄는 색이라는 것을 터득했는데, 호박은 노란색의 비밀을 이미 수천 년 전에 알아차리고 발전시켜 온 것이다.

호박꽃이 한꺼번에 피기도 많이 피었다. 수컷 꽃 치고는 대단하다는 생각이 들어서 꽃 밑을 살펴보았다. 꽃받침 밑으로 아기 호박이 달려 있는 게 아닌가?

이것은 수컷 꽃이 아니라 암컷 꽃이다. 아내는 암컷 꽃과 수컷 꽃도 구분할 줄 모르는 모양이다.

다음 꽃도 암꽃이다. 자그마치 암꽃이 열 개나 피었다. 암꽃 열 개가 마치 합창이나 하듯 입을 딱 벌리고 있는 게 아닌가. 놀랍기도 하고 기쁘기도 했다. 갑자기 부자가 된 듯 기분이 뿌듯했다.

그런데 실망스럽게도 수컷 꽃이 하나도 없다.

원래 수컷 꽃이 먼저 피고 며칠 후에 암컷 꽃이 피기 마련인데, 그것도 수컷 꽃은 암컷 꽃보다 훨씬 많아서 수컷 꽃이 충분해야 하는 건데, 오늘 내가 보는 호박꽃은 어찌 된 게 수컷 꽃이 피기도 전에 암컷 꽃 먼저 피었다.

그것도 자그마치 열 개가 한꺼번에 피다니……

반갑다기보다는 걱정이 앞섰다. 인위적으로 수정해 주지 않으면 모두 유산하고 말 것이다. 골치 아프게 생겼다. 어디 가서 수컷 꽃을 구해 온단 말인가? 가슴 아프지만, 오늘 암꽃들은 처녀로 늙어 죽을 팔자다.

지난달, 한국 식품점에 들러서 한국 호박씨를 사 왔다. 작은 은박지 봉투를 열었더니 씨가 13개 들어있었다. 씨들은 은빛 칠을 해놔서 마치 보석처럼 반짝였다. 요새는 씨도 귀하게 보이기 위해서? 아니면 곰팡이 끼는 걸 방지하기 위해서 은색 칠을 하는 것으로 짐작했다. 호박씨 13개를 두세 개씩 나눠서 심었는데 정확하게 새순 13개가 나왔다. 참 믿을 만한 호박씨구나 생각했다.

그러나 암꽃만 열 개가 한꺼번에 피는 걸 보고 유전자 조작을 한 씨가 아닌가 하는 의구심이 들었다.

수컷 꽃이 내일이라도 필 게 있으려나 하고 들춰 보았지만, 필 만한 꽃 몽우리는 하나도 없다.

오늘 핀 이 많은 암호박꽃은 수컷 꽃이 없으므로 헛것이 되고 말 것이다.

이 일을 어쩌나! 나는 낙담했고 어떻게 하면 호박을 살려낼 수 있을까 머리를 굴렸다.

이웃에 호박꽃이 있으면 좋으련만, 미국인들 중에 호박 기르는 집이 있을 리가 없다.

동네마다 모여서 텃밭을 가꾸는 정원이 있기는 한데, 당장 생각나는 곳은 다리 건너 동네여서 너무 멀다.

호박꽃은 아침에 암컷 꽃과 수컷 꽃이 동시에 피어나서 오후에는 시들고 만다. 짧다면 짧은 시간 안에 암컷과 수컷이 만나 수정을 끝내야 한다.

하도 답답해서 한국 시골에서 평생 농사만 짓는 친구에게 카톡으로 물어보았다.

"어찌 된 호박이 암꽃만 피었으니 어쩌면 좋겠니?"

"요새는 다 그래. 옛날 같지 않아서 호박만 그런 게 아니라 가지도 그렇고 고추도 줄기가 어른 키만큼 자라나 무성하기가 웬만한 나무 같다니까?"

"수컷 꽃이 하나도 없는데 이 많은 암꽃을 어쩌란 말이냐?"

친구는 내 말을 들었는지, 어땠는지 자기 말만 한다.

"개량종이 돼서 그래. 많이 달리게끔 하다 보니 암꽃이 많이 피어야 한다니까."

개량종이 좋다는 건지, 토종이 좋다는 건지 쓸데없는 소리만 듣다가 진작 호박꽃을 어떻게 하라는 말은 듣지 못했다.

개량종이면 다 좋은 것으로 알았는데 어떻게 개량했기에 이 모양, 이 꼴인지 일 년 농사 다 망치게 생겼다.

궁리 끝에 한국인 노인들이 모여 사는 아파트를 떠올렸다.

노인 아파트 뒷마당에 텃밭이 있는 걸 본 기억이 났다.

아파트에서 사는 분에게 전화를 걸었다. 사정을 들려주고 수컷 호박꽃 두어 개만 꺾어 달라고 부탁했다.

한국 노인이 심은 호박밭은 없고 중국인이 심은

호박밭이 있기는 한데, 몰래 꺾어다 놓을 테니 전화하면 곧바로 오란다. 그렇게라도 해 주겠다니 고맙다고 했다.

잠시 후에 전화가 왔다. 호박꽃이 준비되었으니 가져가란다.

나는 부랴부랴 차를 몰고 달려갔다.

빨간 정관장 선물 봉투에 노란 수컷 호박꽃이 들어있다.

세상에 씨도둑질도 씨도둑질 나름이지, 호박꽃을 도둑질하다니! 살다 보니 별일이 다 있다.

봉투에는 수컷 호박꽃 네 개가 들어있었다. 두 개는 활짝 핀 꽃이고, 두 개는 덜 핀 꽃이다.

활짝 핀 수컷 꽃의 꽃잎을 벗겨내고 화분 가득한 수술로 인공수정을 시도했다. 훔쳐 온 호박꽃으로 수정을 시키면서 내 손이 다 떨린다.

꽃 두 개로 암꽃 열 개를 수정하고 덜 핀 꽃 두 개는 컵에 물을 담아 꽂아 어두운 곳에 두었다. 만일 내일 또 암꽃만 핀다면 써먹을 생각으로 그랬다.

다음 날은 암컷 꽃도, 수컷 꽃도 피지 않았다. 그리

고 그다음 날, 또다시 암꽃만 여덟 개가 피었다.

전전날처럼 수컷 꽃은 하나도 없다. 챙겨두었던 꽃을 꺼내 보았으나 써먹을 수가 없게 뭉그러져 있었다. 미안하지만 할 수 없이 지난번처럼 다시 전화를 걸었다. 언짢아하는 음성이었지만, 어쩔 수가 없었다. 이번에도 종이 가방에 든 호박 수컷 꽃 두 대를 받아들고 왔다.

남모르게 하는 씨도둑질일망정 호박 스스로는 해낼수 없는 짓을 도와주었다는 자부심에서 온종일 뿌듯했다.

다음 날, 또 암꽃만 세 개가 피었다.

이젠 더는 수컷 꽃 도둑질을 시킬 수 없다. 아름다운 도둑질일망정 계속해서 부려먹을 수는 없는 노릇이다. 세 번째 핀 암꽃 세 대는 그냥 망치면 망쳤지, 더는 수컷 꽃을 구해주지 못했다. 애석하지만 어쩔 수 없이 처녀로 죽게 내버려 뒀다.

며칠 후, 호박밭에 노란 호박꽃이 잔뜩 피었다. 화사한 노랑꽃이 호박밭을 휘감고 있었다. 열세 송이가 피었는데 모두 수컷 꽃이다. 어쩌면 깡그리 수컷 꽃만 피었는지! 인력으로는 이렇게 하려고 해도 안 될 것이다. 다음 날은 열두 송이가 모조리 수컷 꽃이다.

암꽃만 사나흘 줄줄이 피다가 이젠 수컷 꽃만 매일 피다니? 그리고 다음 날, 아뿔싸. 암꽃은 하나도 없고 수컷 꽃만 열다섯 송이나 피었다. 그야말로 노란 꽃밭이다.

수컷 꽃만 한꺼번에 열댓 송이씩 피어대면서 자기들도 혹시 암꽃 없나 하고 두리번대는 꼴이 보기에 망측했다. 나는 암꽃 없는 세상이 마치 내 잘못인 양 내가 다 민망했다.

무엇이든 자연을 거스르면 그 대가를 치르기 마련이다.

걸어 다니라고 두 다리를 주었는데 차만 타고 다니는 것도, 설탕이 달다고 설탕만 먹는 것도, 삼겹살이 맛있다고 삼겹살만 구워 먹으면 그 대가를 치러야 한다. 매사 맛있는 것은 귀하고 존귀해서 아끼고 조금씩 써야 하는데, 사랑질이 재미있다고 함부로 써대면 결국 파국으로 치닫기 마련이다.

욕심 같아서는 암꽃이 많이 피면 호박이 많이 달릴

것 같아도 수꽃 없는 세상은 헛세상이나 다름없다.

자연만이 아름답건만, 씨앗 시장에 가도 어찌 된 세상이 자연산은 없다. 마치 서울에 가보면 조금이나마 성형 안 한 여자가 없듯이…….

재미있는 지옥, 재미없는 천국

　　일전에 샌프란시스코 근교 로즈모어에서 경희 사이버대학교 모 교수님의 가을밤 문학 강연이 있다고 해서 참석했던 일이 있다.

　저녁 6시부터라고 해서 일찌감치 가서 자리 잡고 앉아서 기다렸다. 30여 명이 모인 것 같았다. 강의실 뒤쪽에는 음식이 차려져 있었고 마실 것도 준비되어 있었다.

　준비 요원들이 꽤 애썼겠다는 느낌을 받았다. 기다려도 강사는 나타나지 않았다.

　가끔 진행자가 소식을 전해 주었는데, 강사분께서 조금 늦으실 것 같으니 한 30여 분 정도 기다려 달라고 했다. 기다려도 여전히 기별은 없었다.

　이번에는 시 낭송회를 먼저 진행하기로 했다. 시 낭송회를 하다 보면 오실 거라고 했다.

김옥교 시인도 자작시를 낭송했다. 저서로는『재미있는 지옥 재미없는 천국』이 있다고 스스로 소개도 했다.

30여 분의 시낭송회가 끝나도록 아무런 연락이 안 되는 모양이었다. 하는 수 없이 저녁을 먹고 기다려 보자고 했다. 뷔페 테이블에서 각자 저녁을 챙겨다가 먹었다. 모인 사람 중에 혼자 온 사람은 나 하나였다. 외롭게 혼자서 저녁을 먹는데 어떤 키 큰 여자분이 내게로 다가왔다. 어디서 왔느냐고 말을 건다. 몇 마디 나누면서 자신이 김옥교 시인이라고 했다.

나중에 강사분에게서 연락이 왔는데 LA에서 오는 비행기가 연착해서 8시가 다 돼서야 샌프란시스코 공항을 빠져나오는 중이라고 했다.

너무 늦었으니 멀리서 오신 분은 가도 좋다고 해서 아쉽지만 허탕만 치고 돌아왔다.

사실 나는『미주 중앙일보』만 읽었지,『미주 한국일보』는 구독하지 않았다. 그러다 금년 들어서『미주 중앙일보』가 샌프란시스코 지역에서 뉴스 매체 활동을 접는 바람에『미주 한국일보』를 구독하게 되었다. 당연히『미주 한국일보』에 실리는 김옥교 칼럼을 접한 지도 얼마 안 됐다. 한 달에 한 번 정도 칼럼이 실리는 것 같았다.

시인이 출간했다는 『재미있는 지옥 재미없는 천국』 책의 제목이 흥미로워서 인터넷으로 검색해 보았다. 같은 제목으로 여러 사람이 책도 냈고, 신문 매체에 칼럼도 썼다.

『한겨레21』에 쓴 칼럼도 「재미있는 지옥, 재미없는 천국?」이란 제목이 있고(2013. 8. 9), 오마이뉴스 칼럼에도 같은 제목으로 글이 실렸다(2002. 12. 20).

기독교 뉴스에 실린 김진홍 칼럼에도 같은 제목으로 글이 실렸다(2018. 9. 12).

책으로는 김옥교 시인이 1995년 6월 1일에 출간한 『재미있는 지옥 재미없는 천국』이 최초이고, 같은 제목으로 1997년 12월 18일에 출간된 유지순의 수필집이 있다.

2001년 12월 17일에 권지관 씨가 지은 『재미없는 천국 재미있는 지옥』이란 책은 앞뒤를 바꿔놓았을 뿐 같은 제목의 책이다.

그 외에도 여러 블로그나 카페에서 「재미있는 지옥 재미없는 천국」을 제목으로 써먹은 걸 보면 사람들이 매우 흥미로워하는 제목 같다.

특히 목사님들이 많이 인용하는 것으로 봐서 이민 교회에서는 이미 널리 알려진 문구인 모양이다.

글의 내용은 한결같이 한국은 재미는 있으나 지옥 같은 나라이고 이민 간 나라 미국이나 캐나다, 호주, 뉴질랜드는 재미는 없으나 천국이라는 이야기였다.

나는 미국에서 반세기를 살았지만 "재미있는 지옥 재미없는 천국."이란 말은 못 들어 봤다.

내가 한인 교회에 나가지 않고 접촉하는 한인이 별로 없어서 그런 게 아닌가 짐작해 본다.

그래서 그런지, 미국이 천국이라고 느껴보지 못했다. 다만 친구로부터 거꾸로 미국이 지옥 같다는 말은 여러 번 들어 봤다.

한 친구는 한국에 다녀오면서 비행기에서 다 왔다는 실내 방송을 듣고 창밖을 내다보았더니 저 지옥 같은 곳에서 또 지겹도록 고생해야 하나 하는 생각이 들더라고 했다.

또 다른 친구로부터는 "누가 미국이 공산주의보다 낫다고 했느냐? 하우스 페이먼트에 목이 매여 꼼짝 못하고 끌려다니면서 일만 하는 지옥 같은 나라가 미국이다." 이런 말만 들었다.

그런가 하면 미국 정부에서 주는 영세민 보조금을 받으면서 한편으로는 한국 전통문화에 물들어 있는 자식들로부터 문화적 효도도 누리는 노인들에게서는 "미국이 천국이지." 하는 말을 듣기도 한다.

나는 한국에 오면 마음이 편안하다. 살기는 미국에서 평생 살았어도 아는 사람 없는 한국일망정 한국에 오면 편안하고 보는 것마다 즐겁다.

설혹 눈에 거슬리는 짓거리도 있고, 귀에 거슬리는 못돼 먹은 뉴스를 접하기도 하지만, 그런 못돼 먹은 뉴스는 어느 나라나 있기 마련이다.

어떠면 미국이 더 못돼 먹었을 수도 있다.

한국에서 지내다 보면 잔꾀 부리는 운전 문화라든가, 개인이 저지르는 사기극, 잔혹한 범죄도 보게 된다. 정치 문제로 홍역을 치르는 때도 있다. 그러나 이것도 점진적으로 나아지는 것이지, 계속해서 그럴 거라고는 생각하지 않는다. 10년 전이 다르고 20년 전이 다르다. 그만큼 빨리 따라잡아 가고 있는 게 한국이다. 사실

잔인한 범죄의 원조는 미국이다. 미국에서 세계로 퍼져나간다.

분명한 것은 밤에 거리에 나가 걸어 다니는 것이 위험한 나라는 미국이라는 사실이다.

거기에 비해서 한국의 밤 데이트는 평화롭기 그지없다.

천국은 낮이나 밤이나 천국이어야 한다.

이런 문제점을 가려서 쓴 나의 책이 『미국이 적성에 맞는 사람, 한국이 적성에 맞는 사람』이다.

사람에 따라서 다 다르게 느끼고 받아들인다.

나의 경우는 책에서도 밝혔듯이 미국도 천국, 한국도 천국이어서 행복을 두 곱으로 누리며 산다.

LA 한국 타운 여행

벌써 동생 부부가 은퇴하고 미국에 이민 온 지 5년이 됐다.

시민권을 따고 미국 여권을 발급받으려고 신청도 해놨다. 미국에 오면서 LA 한인 타운에 정착했다. 언어가 제대로 통하지 않는 미국 사회에서 새 삶을 시작하자니 이방인으로서 소속감이나마 느끼는 것이 절실할 것 같아서 한인 타운을 선택한 줄 알았는데 그보다는 처가가 LA 한인 타운에 있기 때문이라는 걸 늦게서야 알았다.

한인 신문 업소록을 분석해서 집계한 LA 한인 타운에 관한 통계를 보면 한인 타운 2.7 스퀘어 마일 내에 115개의 한인 교회가 있다는 사실이 밝혀졌다.

이것은 미국에 온 한인들이 이유야 어떻든 한국인은 한국인들 틈에서 살아야 마음이 편하고 사는 맛이 난다는 이야기가 된다.

이런 환경은 수많은 한인 이민자를 교회 공동체로 모여들게 할 뿐만 아니라 한인들이 기독교 신앙을 갖는 계기로도 작용한다는 분석 기사였다.

옛날에 읽었던 어떤 분의 이민 체험 수기가 생각난다. 그는 1960년대에 독일 광부로 갔다가 간호사와 결혼해서 캐나다에 정착했다. 작은 한국 식품점을 운영했는데 이렇게 해서 무슨 돈을 벌겠는가 하는 생각이 들었다. 어느 날 다 걷어치우고 폭스 왜건에 짐을 싣고 무작정 LA로 달렸다. 그 후로 LA 한인 타운에서 큰 식품점으로 성공했다는 이야기를 읽은 기억이 난다.

1970년대에 이민 붐이 일면서 미국으로 건너온 사람 중에서 미국 사회에서 살기 힘들거나 낯선 사람들과 부대끼는 것이 두려운 사람들은 LA 한인 타운으로 몰려들었다. 그때만이 아니라 지금도 미국 사회에 적응이 어려운 사람들은 LA 한인 타운으로 보따리를 싸 들고 달려간다.

아무리 미국에서 살아도 한국인은 한식이 입에 맞는 것처럼, 한국인은 한국인들끼리 살아야 사는 맛이 나기 때문이다.

나는 LA에 갈 때마다 한인 타운을 들러 본다. LA 한인 타운은 '미국 속의 한국'이라는 말이 꼭 들어맞는다. 한국인들이 와글와글 모여서 살고 있으니 거리와 건물만 미국이지, 내용은 한국이나 마찬가지다. 쇼핑몰의 상점들은 몽땅 한국 상점들이다.

쇼핑몰 건물 자체를 한국인이 설계하고 한국인이 한국식으로 지은 모양이다.

한국처럼 오목조목한 상점들이 줄지어 들어선 걸 보면 알 수 있다.

미국 쇼핑몰은 상점들이 널찍널찍하게 자리 잡는 데 비해서 한인 상점들은 작지만 아기자기하다. 그러면서도 한국인 마음에 쏙 드는 물건들만 골라다 놓았다.

주차장을 보면 비싼 고급 외제 차들이 즐비하다. 이것도 미국 쇼핑몰에서는 볼 수 없는 풍경이다. 일반적으로 한국인들은 명품을 좋아한다. 가짜일망정 명품을 선호하는 경우가 많은데 자동차는 가짜 명품이 있을 수 없다. 일부 교민들은 명품을 좋아하는 심리를 채우기 위해서 중고차일망정 명품 차를 탄다.

미국이라고 하지만, 동생네는 LA 한국 타운에서 한

인들만 만나며 산다. 동생네도 여느 한국인들처럼 중고 일망정 렉서스를 탄다. 동생은 지난번 딸이 와서 사주고 간 차라며 궁색한 변명과 함께 웃어넘겼다.

나는 멀리 LA 한인 타운을 구경 와서 둘러본다. 나를 닮은 사람들로 북적대는 게 신기해 보였다. 맛있는 냉면도 먹었다. 동생네는 미국에 살면서도 가끔 미국 구경하러 미국인들이 사는 동네로 드라이브해 나간다고 했다. 미국인 동네에 가서 돌아다니면서 점심도 사 먹고 이것저것 구경하다가 온다고 한다. 미국에서 살면서 미국인들이 사는 걸 구경 다닌다는 게 내게는 생경하게 들렸다. 그러면서 그럴 수도 있겠구나 하는 생각이 든다. 매일 한국말만 하고, 한국 TV나 보다가 밖에 나가 봐야 한국인들만 만나고 한국인 식당에서, 한국인 교회에서, 차를 몰아도 한국말 라디오나 들리니 이게 어디 미국이냐.

미국에서 살지만, 미국 구경을 다니는 동생네와 미국에서 한국 구경을 나온 내가 같이 한인타운을 돌아다니다가 2층 세종 문고에 들러 나태주 시인의 산문집 『좋다고 하니까 나도 좋다』 한 권을 집어 들고 책장을 후루루 넘겨 본다. 책도 네임 브랜드가 있어서 유명인이 쓴 글은 믿고 사게 된다.

'No Name Brand'이지만 읽고 싶어서 『미국 여행 50년』이란 책도 목록에 넣었다. LA 한인 타운에서 산부인과 의사로 은퇴한 조동준 박사가 쓴 자서전 비슷한 책이다. 한 가지 잊지 못할 글귀는 "첫 번째로 내 생애에 가장 잘한 일은 1967년 가난한 나라 한국에서 미국을 찾아온 것이고, 두 번째로 잘한 일은 뉴저지에서 살다가 한인이 많은 LA 한인 타운으로 이사 온 일이다."라고 쓴 글이다. 그만큼 한국인은 같은 한국인이 그리운 거다.

이민 1세들이 노인이 되어 양로원을 찾게 되면 한국인이 몰려 사는 LA 한인 양로원을 선호한다. 친구 부모님은 살아생전에 LA 한인 타운 노인 아파트에서 사셨다. 아들인 친구가 가끔 찾아뵈면 아파트 로비에서 한인 노인들이 모여 앉아 담소하는 모습을 보곤 했다.

아버님 말씀이, "저 사람들은 모여서 매일 건강에 좋다는 이야기만 한단다." 하셨다는 이야기가 떠오른다.

아직 노인 아파트로 들어갈 만큼은 아닌 동생네지

만, 한인들이 모여 사는 아파트에서 산다. 어떤 면에서 미국일망정 한국인들끼리 부대끼며 사는 것도 괜찮지 싶다. 한번 사는 인생 어딘들 어떠랴.

동생네가 좋다고 하니까 나도 좋다.

우리는 지금 행복한가?

      여러 보고서는 100년 전의 부호들이 누리던 생활 수준이 현재 보통 사람들이 영위하는 삶의 수준보다 못했다고 전한다. 실제로 우리가 사는 시대는 우리 부모 세대가 상상했던 그 이상으로 삶의 질이 나아졌다. 의학의 발달로 각종 질병을 쉽게 고칠 수 있게 되었고, 더불어 인간의 수명도 연장되었다.

가전제품과 첨단 물질문명이 인간의 노동을 많은 부분 대신하면서 더욱더 풍요로운 삶을 누릴 수 있게 된 것도 사실이다.

그렇다면 우리는 과거의 사람들보다 더 행복한가? 대답은 실망스럽게도 'NO'이다.

역설적이지만 돈으로 얻은 부가적인 행복은 단기에 그친다. 즉, 상황이 호전되면 사람들은 꿈을 높이게 되고 그것이 충족되지 않으면 불만족스러워한다.

이 때문에 성과를 쌓고 있지만 계속 불행하다고 느끼는 것이다. 결국, 돈이 만들어 주는 만족감도 상대적인 것으로 하나를 얻게 되면 둘을 가지고 싶어 하는 사람의 탐심에는 당해 낼 재간이 없다.

골프장에, 테니스장에, 수영장에, 댄싱 클럽이 있는 아름다운 빌리지에서 동화 속의 그림 같은 집을 짓고 아이들과 같이 피아노 치며 노래 부르는 꿈을 꾼다. 파라다이스가 분명한 것 같다.

그러나 겉으로 드러나는 행복이 진정한 행복은 아니다.

우리는 가장 소중한 것이 바로 우리 곁에 있다는 것을 깨달아야 한다.

일상의 삶 속에 간직한 소소한 기쁨과 평화는 행복이 바로 우리의 가슴에 있음을 알려주는 것이다.

내가 거두어 먹이지 않아도 꽃은 피고 새들은 창공을 가른다.

겸허한 마음으로 바라보는 세상에는 어느 것 하나

귀하지 않은 것이 없고, 얼굴을 스치는 바람결에도 위안을 느끼는 것이다.

이미 누리고 있는 것에 감사하며 서로 위하고 나누는 것만이 행복해지는 첩경이다.

행복은 남을 돕는 데서 온다.

여기서 '헤밍웨이 풍선' 이야기를 들어 보자.

심리학 강의 시간이었다. 교수는 풍선 속에 각자 자신의 이름을 써넣고 바람을 채우라고 했다. 그리고 풍선을 섞은 다음 천장으로 날려 보냈다.

한참 시간이 흘렀다. 교수는 자기 이름이 들어 있는 풍선을 찾으라고 했다. 정해진 시간은 딱 5분이었다. 학생들은 자신의 풍선을 찾으려고 서로 부딪히고 밀치며 교실은 아수라장이 되고 말았다.

5분이 흐른 다음, 자신의 이름이 들어 있는 풍선을 찾은 학생은 아무도 없었다.

이번에는 아무 풍선이나 잡아서 거기에 넣어둔 이름을 보고 그 주인을 찾아 주도록 했다.

그러자 순식간에 자기 이름이 들어 있는 풍선을 찾

았다.

교수는 말했다.

"지금 시험한 자기 풍선 찾기는 우리네 삶과 같다. 사람들은 필사적으로 행복을 찾아다니지만, 행복이 어디 있는지 알지 못한다."

그럼 행복은 어디에 있을까?

헤밍웨이는 행복을 다음과 같이 정의하였다.

> "행복을 가꾸는 것은 손닿는 곳에서 꽃다발을 만드는 것이다."

행복은 거창한 곳에 있는 것이 아니라 팔을 뻗으면 닿을 수 있는 곳, 가까운 곳에 있다.

바로 옆에 있는 친구가 행복이다.

겨울 햇볕이 주는 행복

　　겨울 아침에 운동하러 나선 길은 공기가 차가워서 나도 모르게 빨리 걷게 된다.

　　양지바른 샤봇 호수 올레길을 부지런히 걷는다. 아침 공기는 찬물을 한 대접 마신 듯 가슴을 시리게 한다.

　　햇살이 눈부시게 쏟아지는 호수를 반 바퀴쯤 돌아가면 낚시꾼을 위해 넓은 마루판을 수면에 띄워 놓았다. 거기가 나의 반환점이다.

　　겨울 가뭄으로 흙길에 먼지가 발에 차이고 호수도 여위어 한 길은 내려가야 수면이다. 평평한 호수에 아침 햇살이 은빛 비늘처럼 반짝이고, 물닭 여러 마리가 분주히 먹이를 찾아서 두리번거리며 떠다닌다. 약병아리보다 조금 더 큰 물닭은 몸집이 둥글고 검은색에 주둥이 위쪽 이마에 선명한 흰색이 있어서 눈에 잘 띈다. 몽실몽실한 게 앙증맞고 귀여우면서도 똘똘하지만, 야생 조류여서 겁이 많아 사람이 근처에 다가오는 걸 싫어한다. 철새인 물닭이지만, 이곳에서는 사시사철 머물고 있어서 텃새나 다름없다.

낚시터 마루판도 물이 줄어든 만큼 내려앉아 있었다. 아무도 없는 마루판 위에 발을 디더 본다. 아무려면 물 위에 떠 있는 마루판인데 혹시나 하는 마음에 힘을 주어 밟아 보았다. 믿음이 가리만치 든든해서 마음이 놓였다.

마루판 옆 그늘진 곳에 물닭이 있다. 인기척에 놀란 물닭은 푸드덕댈 뿐 도망은 가지 못하고 허우적댄다. 왜 도망가지 못하고 펄떡이나 살펴보았다. 아, 이게 웬일인가? 버려진 낚싯줄에 몸이 엉켜서 제힘으로는 빠져나갈 수 없는 처지다. 얼마나 오랫동안 발버둥 치며 괴로웠을까?

끊어지지도 않는 낚싯줄에 꽁꽁 묶여 지난밤을 꼬박 새웠을 물닭이 측은하고 애처로워 보였다. 그냥 내버려 두었다가는 영락없이 죽게 생겼다. 엉켜 있는 낚싯줄을 풀어 주려고 엎드려서 줄을 잡아당겼다. 물닭은 내가 저를 해치려는 줄 알고 날갯짓을 해대며 도망치려 든다. 날갯짓에 차가운 물방울이 얼굴에 튀긴다. 낚싯줄을 끌어 올리면서 따라 올라오는 물닭을 보는 순간 "아!" 하는 비명이 나도 모르게 터져 나왔다.

낚싯줄은 물닭의 두 다리를 칭칭 감았고, 줄은 다시 목을 감아 날개까지 묶여 있다. 사람도 이 지경으로 묶여 있다면 꼼짝없이 죽고 말리라. 나는 왼손으로 물닭의 다리를 잡았다. 물닭은 어디서 그런 힘이 나오는지 꽥꽥 소리를 지르며 야단이 났다.

주둥이로 내 새끼손가락을 물질 않나, 발버둥 치질 않나, 날개를 푸드덕거리며 아우성친다. 다리와 목을 엉켜 매고 있는 줄부터 끊었다. 낚싯줄은 가늘고 질겨서 웬만해서는 끊어지지도 않는다. 왼손으로 물닭의 두 다리를 잡고 오른손으로만 엉킨 줄을 풀어주려니 물닭이 너무나 요동치고 발광을 해대서 도저히 풀어줄 수가 없다.

물닭을 바닥에 내려놓고 꾹 누르니 저항이 뜸하다. 뜸한 틈을 타서 발버둥 치든지 말든지, 나는 나대로 줄을 끊어야 했다. 먼저 낚싯줄을 끊어 두 다리를 자유롭게 해 놓고 이번에는 목에 감긴 줄을 끊어 목도 자유로

위졌다. 날개에 엉켜 있는 줄마저 풀어 주었다. 하지만 목에도 발에도 못다 풀어 준 줄이 남아 있는데 물닭은 가겠다고 아우성친다. 성화에 못 이겨 놓아 주었더니 쏜살같이 내달려 갈대숲으로 사라진다.

무릎을 일으켜 젖은 손을 바지에 쓱쓱 닦았다. 얼굴에 묻은 물방울도 닦았다. 아마도 전생에 물닭이 나를 살려 주었던 인연이 있었는지도 모를 일이라는 생각이 든다.

"하루 선한 일을 행하면 복이 금세 오지는 않더라도 화가 저절로 멀어진다.
하루 악한 일을 행하면 화가 금세 오지는 않더라도 복은 저절로 멀어진다."

일산 전철역 벽에 걸려 있는 〈풍경 소리〉에서 읽은 글귀가 떠오른다.

물닭이 낚싯줄에 얽매여 꼼짝달싹 못 하는 모습을 보면서 나 자신도 그렇지 않을까 하는 생각이 들었다.

과학 문명 속에서 살아가려면 알게 모르게 거미줄처럼 얽혀있는 무선 통신망에서 파생되는 전파가 나를 얽어매고 있을 것이다. 보이지 않는 인터넷 전파, 손에 늘 들려있는 스마트폰 전파, 집에 들어서면 틀어야 하는 QLED TV 전파, 차를 타면 들어야 하는 라디오 전파. 이 모든 파장이 나의 눈과 귀와 손, 발을 묶어 놓고 있는 건 아닌지, 이런 전파가 눈에 보이는 거미줄 같지는 않지만, 낚싯줄처럼 길게 다가와 내 몸을 칭칭 감아 돌아 나갈 것이다.

결국, 파장에 묶여 사는 건 아닌지 하는 의문이 들었다.

이런 전파가 건강을 위협할지도 모른다는 생각에 나는 순간이나마 깜짝 놀랐다.

물닭이 낚싯줄에 엉켜 있듯이 나도 헤아릴 수 없이 많은 전파에 온몸이 둘둘 감기고 얽매여 있다는 생각을 떨쳐버릴 수 없었다.

다행스러운 것은 샤봇 호수에는 얼마간의 전파나마 차단되어 있어서 스마트폰도 안 터진다는 사실이다.

물닭의 낚싯줄을 내가 풀어 주었듯이 나를 동여매

고 있는 보이지 않는 선들을 호수가 풀어 주고 있다는 걸 오늘에서야 알았다. 오늘따라 새삼스럽게 호수가 고맙다는 느낌이 든다.

반환 지점을 돌아 다시 오던 길로 돌아간다. 올 때도 그랬듯이 갈 때도 밝은 햇살이 호수 물결에 반사되어 눈을 부시게 한다. 물결 따라 반짝이는 은빛 비늘은 다이아몬드를 한 주먹 뿌려놓은 것처럼 빛나 보인다. 다이아몬드보다 더 귀한 햇살이 호수에 가득 퍼져있고 나는 햇볕을 흠뻑 받으며 걷고 있다.

흔하디흔한 햇볕이 오늘처럼 몸과 마음을 따듯하고 훈훈하게 녹여준 날은 없었다.

전파로부터 해방되었다는 건 얼마나 다행인가. 햇볕을 받으며 걷는다는 건 얼마나 행복한가. 무엇과도 바꿀 수 없는 행복과 사랑과 평화를 만끽하는 겨울날 아침이다.

작지만 확실한 행복

━

레오나는 미국에서 사는 막내딸이고 주희는 한국에서 사는 조카딸이다.

둘이 나이가 엇비슷해서 대학에 다니면서도 말이 잘 통했는지 친하게 지냈다.

레오나는 결혼해서 딸만 둘 낳았다. 둘째 딸은 이제 막 돌이 지났다.

뒤질세라 주희도 결혼해서 첫딸을 낳았고 다시 임신 중이다.

지금은 세월이 좋아서 임신하면 딸인지, 아들인지 미리 안다. 이번에는 아들이라고 했다.

레오나와 주희가 아이를 낳는 동안 나는 한국을 오가며 선물 심부름을 한다.

내가 한국에 나간다고 하면 레오나는 주희 아이의 선물을 사 온다.

떠나기 하루 이틀 전에 선물을 사 들고 와서 이런저런 주의사항을 들려준다.

곱게 포장하고 작고 예쁜 종이가방에 넣었다.

종이가방에는 선물 카드가 든 봉투와 자기 아이들 사진이 든 봉투도 들어 있다. 작지만 사랑이 듬뿍 담긴 선물이다.

작은 종이 가방에 들어 있는 선물 하나, 봉투 두 개를 잃어버릴까 봐, 못 미더워서 거듭 당부한다. 종이가방이 찌그러지지 않게 잘 간수하라고 내 짐 가방 어디에 넣어야 할지 위치까지 정해 준다.

한국에 오자마자 구파발에서 사는 주희에게 레오나가 보낸 선물이 있다고 이메일을 보냈다.

알았다는 연락과 한 번 들르겠단다.

내가 한국에 한 달 정도 묵는 동안 내내 연락이 없다. 혹시 잊어버렸나 하는 생각에 미국으로 돌아오기 며칠 전에 다시 연락했다. 내가 떠나기 이틀 전에야 찾아왔다.

고등학교 스페인어 선생인 주희는 도토리를 주우러 다니는 다람쥐만큼 바쁜 모양이다.

주희도 레오나에게 전해줄 선물을 사 들고 왔다.

주희는 선물 보따리가 한두 개가 아니었다.

레오나 아기 선물과 큰딸 아이 선물, 큰고모 선물, 선물 보따리가 여러 개다.

너무 많아서 받아드는 내가 미안할 지경이다.

지난번에도 한국에 나간다고 했더니 레오나는 어김없이 주희 아이 선물을 사 왔다.

종이가방 안 내용물은 아이 옷이리라.

나는 한국에 오자마자 주희에게 이메일을 보냈고, 이번에도 내가 한국을 떠나기 며칠 전에야 전화가 왔다.

저녁에 들르겠단다. 그냥 오기에는 안 되겠던지 자몽 한 박스를 사 들고 왔다.

나는 먹지 않는 과일이어서 도로 가져가라고 했건만 굳이 놓고 갔다.

나는 먹을 수도 없고 버릴 수도 없어서 관리사무실에 주고 말았다.

나는 한국에 자주 나가는 편이어서 나다닐 적마다 심부름하기에 바쁘다. 내가 한국에 나간다고 했더니 어김없이 레오나가 주희 아이들 선물을 가져왔다. 작은 상자에 넣고 잘 포장했다. 책도 한 권 들어 있다.

미국에서는 선물이라고 해 봐야 큰돈 주고 산 물건은 아니다.

작지만 실용적인 물건이 선물이다.

선물은 주는 사람이 줄 사람을 생각하면서 부담 안 가는 물건을 찾아다니는 작은 행복의 순간이다. 돈 쓸 때는 행복하다. 더군다나 좋아하는 사람에게 줄 선물을 사는 순간은 더욱 행복하다.

선물을 주는 사람은 행복하다. 선물을 전해주는 사람도 행복하다. 선물을 받는 사람도 행복하다.

선물은 행복 보따리다. 작지만 확실한 행복 덩어리다.

'죽고 싶지만 떡볶이는 먹고 싶어'

　　　광화문 교보문고에 가서 에세이 매대를 훑어보다가 금주 베스트셀러란 푯말이 꽂혀 있는 책을 보았다. 『죽고 싶지만 떡볶이는 먹고 싶어』란 제목이 눈에 들어왔다.

　집어 들고 내용을 살펴보았다.

　우울증을 겪는 젊은 여성이 심리 담당 의사와 상담하는 이야기다.

　제목이 말해주듯 아이들이 읽을 만한 책 같다는 느낌을 받았다.

　13,800원이나 주고 사기에는 좀 과한 것 같아서 도서관에서 빌려 보기로 마음먹고 돌아섰다.

　백석 도서관에 들러 신간도 있는지 알아봤다.

　직원은 친절하게 검색해 준다.

왜 그런지는 모르겠으나 미국이나 한국이나 도서관 직원들은 언제나 친절하다.

책은 있는데 지금 나갔단다. 다른 도서관도 찾아본다. 고양시에 도서관이 17개 있는데 도서관마다 한 권씩 있지만 모두 대출 중이란다.

그것도 반입되면 대출해 갈 사람들이 두세 명씩 기다리고 있단다.

지금 리스트에 올리면 한 달 반은 기다려야 차례가 올 것 같다고 했다.

과연 베스트셀러가 맞다는 생각이 든다.

돌아오면서 베스트셀러 대열에 들면 전국 도서관에 배급되는 책만 해도 기천은 넘으리란 생각이 든다. 부럽다.

길을 건너느라고 지하 전철역 로비로 내려갔다.

백석 전철역 로비 코너에 떡볶이집이 새로 생겼다.

먼저는 커피숍이었는데 손님이 없어서 문 닫게 생겼구나 했더니 결국은 문을 닫고 말았다.

누가 주인인지 몇천만 원은 날렸겠구나 하는 생각도 해 보았다.

그 자리에 떡볶이집이 들어섰다.

비싼 가게를 세내면서 떡볶이 팔아서 수지가 맞으려나 했다.

오가며 관심을 가지고 지켜보았다.

웬걸. 손님이 꽤 많다. 떡볶이에 어묵, 순대 그리고 간단한 샌드위치를 판다.

대충 잡아서 살아남을 것으로 보인다.

오늘은 도서관에 갔다 오다가 떡볶이집을 들여다봤다.

귀퉁이에 노인이 앉아서 어묵을 먹는다.

가격표를 보았다. 떡볶이 한 컵에 500원이다.

그냥 지나쳐 가다가 되돌아섰다. 가격도 싼데 떡볶이 맛이나 보자는 생각에서였다.

주머니에서 천 원짜리 지폐를 꺼내 들고 떡볶이집으로 들어섰다.

떡볶이 한 컵을 달라면서 천원을 들어 밀었다.

아가씨가 떡볶이를 작은 컵에 담으면서 천오백 원이란다.

어! 다시 메뉴판을 봤다. 정말 1,500원이라고 쓰여 있다.

금방 500원으로 봤는데 1,500원으로 바뀌었다. 귀신이 곡할 노릇이다.

내가 잘못 봤겠지 했다. 별걸 다 잘못 보는구나 하면서 500원을 더 줬다.

구석까지는 아니지만, 그런대로 으슥한 자리에 앉았다.

대나무 꼬치를 줘서 꼬치로 떡을 찍어 먹었다.

아! 이게 웬일인가. 맵기가 불이 날 지경이다. 매워도, 매워도 이렇게 매운 건 처음 먹어 본다.

이건 우리네 매운맛이 아니다. 나는 세계 여러 나라 매운맛을 다 먹어 보았다.

가장 맵다는 멕시코 작은 고추도 잘 씹어 먹었다.

그런데 떡볶이의 매운맛은 천연 매운맛이 아니다. 화학적으로 맵게 만든 거다.

입만 매운 게 아니라 목줄을 타고 뱃속까지 맵다.

이마에서, 목덜미에서 땀방울이 솟는다.

이거 잘못 걸렸구나 했다. 떡볶이 세 점을 집어먹고 손을 들었다. 고만 먹기로 했다.

그러나저러나 이 떡을 어떻게 하지? 버리지도 못하고.

냅킨으로 컵을 덮어서 들고나왔다. 일단 집으로 가져간다.

들고 가면서 생각해 보았다.

요새 젊은 애들은 위장이 나하고 다른가?

이 매운 걸 맛있다고 먹다니?

'죽고 싶지만 떡볶이는 먹고 싶어'. 이렇게 매운 떡볶이가 죽도록 먹고 싶다고?

파격적으로 자극적이고, 쇼크에 경악, 충격적이어야 만족하는 젊은 세대들의 입맛.

자극의 끝은 어떨까?

복골복(福不福)

  운이라는 게 정말 있는 건가?

  내가 다니는 종로 3가 이발소에는 이발사가 두 명 있다.

  2주일에 한 번은 머리를 깎아야 하니까 이발소에 들르면 서로 인사하며 아는 체하고 지낸다.

  그렇다고 성이나 이름까지 아는 건 아니다.

  한 사람은 주인이고 다른 사람은 종업원이라는 것을 짐작으로 알뿐이다.

  머리를 잘 깎는 이발사가 주인이고 종업원은 여러 번 바뀌었다.

  그러나 이번 종업원은 꽤 오래 붙어 있는 편이다.

  내가 이 이발소를 애용하는 까닭은 주인 이발사가 머리를 잘 깎기도 하지만 가격도 저렴하기 때문이다. 평생 이발소를 드나들다 보니 한 번만 깎아보면 이발사가 머리를 잘 깎는지, 어떤지 금방 알아볼 수 있다.

이발사는 손님이 들어온 순서대로 차례차례 깎아 준다.

이번 손님을 주인이 깎으면 다음 손님은 종업원이 맞는다.

한 번은 종업원이 순서대로 다음 손님에게 다가갔다.

손님은 주인에게 깎겠다면서 종업원 이발사를 내게로 밀면서 먼저 깎아 주란다.

양보치고는 달갑지 않은 양보였지만, 나는 갑자기 겪는 상황이라 말 한마디 못하고 순순히 당하고 말았다.

그날따라 나의 머리는 매우 길었다.

한 달 동안 깎지 않았으니 목덜미 머리카락을 손가락으로 잡으면 한 마디 반만큼 자라 있었다.

종업원은 "조금만 자를 거지요?" 하면서 깎기 시작했다.

잘 깎든, 못 깎든 모자를 쓰고 다닐 것이니 내게는 큰 문제가 되지 않는다고 생각했지만 막상 집에 와서 모자를 벗고 보니까 정말 맘에 안 들었다.

깎다 만 머리처럼 목덜미 머리는 깎았는지, 안 깎았

는지 구분이 안 될 지경이었다.

별로 나다닐 데도 없고 머리야 자라면 되니까 집에서 그냥저냥 지냈다.

깎다 만 머리여서 금세 자란 것 같아 또 이발소에 가게 됐다.

이번에도 이발 의자에 앉아서 내 차례를 기다리는데 종업원 이발사가 다가와 "먼저 오셨지요?" 한다.

분명 저 사람이 나보다 먼저 왔는데 순서를 어기고 나 먼저 깎아 주면 안 되지 하는 생각에 저분이 먼저 왔다고 가르쳐 주었다.

머리를 잘못 깎으면 어딘가 모자라는 사람 같고, 마음에 안 들면 자신감마저 잃는다.

종업원 이발사를 다른 사람에게 넘겼더니 그날은 운 좋게도 주인 이발사에게 머리를 맡길 수 있었다.

주인이 깎으면 어디가 달라도 다르다. 한 인물 낫게 보인다.

모자도 안 쓰고 옷을 차려입고 다녔다.

남자에게는 머리가 미의 완성이어서 매우 중요하다.

단골을 찾아다니는 이유가 다 그래서다.

다음 머리 깎으러 갈 일이 걱정이었다.

내가 주인 이발사 차례가 돼서 주인에게 깎았으면 하는 마음이 간절하지만, 순서라는 게 50%의 기회여서 운에 맡겨야 하기 때문이다.

그렇다고 종업원 이발사 차례가 돼서 깎겠다고 다가온 사람을 싫다고 거절하기에는 자신이 없다.

이발하러 가기 며칠 전부터 이런저런 핑곗거리를 생각해 보았다.

핑곗거리라는 게 결국 거짓말을 해야 하는 건데, 적당한 거짓말이 생각나는 것도 없고 먹혀들 것 같지도 않았다.

나도 솔직하게 "주인 이발사에게 깎겠소." 할까 생각해 보았으나 종업원을 무안하게 할 것 같아서 이러지도, 저러지도 못하고 애만 태웠다.

세상에. 별게 다 속을 썩인다.

다른 이발소로 갈까도 생각해 보았다.

어쨌든 매정하게 'D-day'는 다가오고야 말았다.

어찌 되었건 일단은 가고 봤다.

주인 이발사나 종업원 이발사나 둘 다 손님 머리를

깎는 중이었다.

나는 빈 의자에 앉아서 차례를 기다렸다.

누구라도 먼저 끝내는 이발사가 내게 다가올 것이다.

양쪽 이발사의 진도가 엇비슷한 게, 누가 올지 모르겠다.

간발의 차이로 주인 이발사가 먼저 끝내고 내게로 다가왔다.

'옳다구나, 됐다!' 했다.

그런데 이게 웬일인가? 주인 이발사에게 전화가 걸려왔다.

호주머니에서 스마트폰을 꺼내 들고 몇 마디 하더니 남이 들어서는 안 될 말이라도 해야 하는지 아예 전화기를 들고 밖으로 나간다.

밖으로 나간 주인 이발사는 종업원 이발사가 내 머리를 다 망쳐놓을 때까지 돌아오지 않았다.

Part 3

봄꽃
 —

한때는 나도 봄꽃을 구경하러 쏘다니던 때가 있었다.

3월에 꽃이 피기 시작하면 어디로 꽃을 찾아 떠날까 하는 생각에 몸살이 났다.

10년 전쯤, 블로그를 한창 쓸 때였다.

섬진강을 따라 달리다가 하동 화개장터에서 쌍계사로 접어들면 십 리 벚꽃 터널로 이어지는 데 혼자 차를 몰고 달리던 생각이 난다.

세월은 흘렀고, 기술은 발달해서 친구가 쌍계사 꽃 터널을 달리면서 찍은 사진을 카톡으로 보여 준다. 즉석에서 받아보는 감흥이 새롭다. 신선하다고나 할까?

내가 막 현장에서 보는 꽃 같아서 기분이 산뜻하고 날아갈 것 같다.

벚꽃은 화끈해서 좋다. 한꺼번에 그 많은 꽃을 아낌

없이 다 피워버린다.

그리고도 모자라 바람에 꽃잎을 다 날려버린다.

보는 사람으로 하여금 입이 딱 벌어지게 만든다.

벚꽃의 배짱이 마치 씨름판에서 맞배치기로 상대를 들어 패대기치는 것처럼 통쾌하다.

한 번 피고 말 것, 다 함께 작렬하게 피고 말겠다는 각오를 보는 것 같아서 화끈하다.

꽃 하나하나를 볼 때는 희고 여린 데다가 가냘프기까지 해서 별것 아닌 것 같아 보여도 한꺼번에 뭉쳐서 꽃을 피우면 사람을 놀라게 하고도 남는다.

꽃의 위대함을 증명이라도 해 보이려는지, 다 함께 웃고 있다.

흰빛이 LED 등을 밝혀놓은 듯 밝고 현란하다.

낙원이 따로 없다.

나도 투명 인간이 되어 현장으로 날아가 십 리 꽃길을 걷고 싶다.

그것도 사람 없는 새벽에 홀로 걷는다면 다가오는 느낌이 다르리라.

아무려면 천국이 이만하랴.

사람의 기분을 업하는 방법도 여러 가지인데, 그중에 꽃 나라를 헤매는 게 제일일 것이다.

행복한 시간을 즐기는 친구가 혼자만 즐기지 않고 나까지 끌어들여 줘서 한껏 기분이 좋다.

공교롭게도 같은 날 지인이 캘리포니아의 꽃소식을 카톡으로 전해 준다.

지난 토요일에 막 찍었다는 사진은 싱싱한 생동감이 넘친다.

로스앤젤레스에서 북동쪽으로 가다 보면 랭커스터의 앤털로프 밸리 캘리포니아 포피 리저브 스테이트 자연보호 지역(Antelope Valley California Poppy Reserve)이 나온다.

산허리와 산등성이를 따라 오렌지 퍼피가 짙은 카펫을 펼쳐놓은 듯 피었다.

현란하고 찬란한 꽃밭이 광활해서 3,000피트 상공에서 비행기를 타고 가면서 내려다보아도 다 보인다.

장관을 이룬 올해 봄 꽃밭은 10점 만점에 9점을 줄 만큼 만발해서 '슈퍼 블룸'이라고 평가했다.

주황색 퍼피 외에도 필라리(핑크), 피들넥(노란색), 레이스 파실리아(자줏빛)가 만발했다.

지난겨울에는 캘리포니아에 유난히 비가 많이 오더니 결국 꽃밭에 대박이 터졌다.

야생화 애호가들은 밝은 꽃이 산 능선과 허리를 덮는 계절인 '슈퍼 블룸'을 맞아서 환호성을 지르며 꽃밭을 찾아 달려간다.

따뜻한 지역은 이미 퍼피, 피들넥, 루핀이 꽃잔치 판을 벌였다.

3월 중순에서 4월 사이에는 다른 지역으로 번져 나갈 것이고, 높은 지역은 5월과 6월 초에 정점에 이른다.

야생화 관람의 기본 규칙은 다음과 같다.

- 산책로에 머무르고, 지정된 지역에 주차하고, 쓰레기를 집으로 가져가고, 꽃을 꺾지 말 것.
- 어디로 향하든, 담당 기관의 웹사이트나 소셜 미디어 계정을 확인해 볼 것.
- 개 허용 여부를 확인할 것.

- 어떤 지역에 접근이 가능한지 또는 접근할 수 없는지 미리 알아
둘 것.

야생화 여행은 인기가 많아 관광객들로 들끓을 것이
니 인내심을 가지고 기다리거나 방문객이 뜸한 평일에
여행할 것을 권한다.

아침부터 이른 오후까지가 아름다운 꽃을 찾아 즐기
기에 가장 적합한 시간이다.

행복이 오는 소리

—

　카톡 알람이 울리는 바람에 잠에서 깨어났다.

누가 걸었나 확인해 보니 구파발 집에 있는 동생
이다.

서울이야 저녁 8시 반이지만, 캘리포니아는 새벽 4
시 반이다.

어제저녁에 떠들다 만 부질없는 소리일 것 같아서
안 받고 그냥 누워 있었다.

이따가 내가 걸면 되지……

눈을 감고 뒤치락거린다.

어젯밤 10시 반에 불을 끄자마자 잠들었다. 6시간
을 잔 셈이다. 그 여섯 시간도 푹 잤다.

아침나절에 숲속을 한 시간 이십 분이나 걸었더니
몸이 피곤했던 것 같다.

아니, 그보다는 숲에서 뿜어져 나오는 피톤치드 때

문일 것이다.

푸른 숲에서 발생하는 피톤치드의 성분인 알파피넨을 쥐에게 먹이고 지켜본 결과, 알파피넨을 투여한 쥐는 3분 후에 잠들었다. 수면의 질을 분석해 보니 알파피넨을 투여한 쥐가 깊은 잠을 자는 것으로 나타났다는 숲의 비밀을 내셔널지오그래픽 다큐멘터리에서 보았다.

연구에서 알파피넨을 투여한 결과, 쥐가 잠드는 시간이 빠르게 감소하였다. 알파피넨이 수면을 유도하는 능력이 있다는 연구 결과다. 수면의 질도 매우 우수한 것으로 나타났다.

일반적으로 수면제를 복용하면 수면의 질이 떨어지는데 알파피넨은 수면의 질을 떨어뜨리지 않고 양질의 수면을 이룰 수 있다.

이러한 사실은 삼림욕을 할 때 우리가 받아들이는 피톤치드의 알파피넨이 진정 효과뿐만 아니라 수면에도 효과가 있다는 연구 결과이다.

내 몸이 쥐라고 생각하면서 어쩌면 연구가 내 몸과 꼭 맞아떨어지는지 모르겠다는 생각을 해 본다.

숲을 산책하면 면역력 강화와 심리적 안정에도 도움

이 된다.

피톤치드의 훈증 효과에 의해서 밀폐된 공간 내의 황색포도상균이 억제되는 것으로 보아 인체에도 효과가 있을 것으로 생각한다.

숲에 있는 나무들의 나뭇잎은 직사광선 차단 역할을 하고 기류의 순환과 온도를 유지하는 역할도 한다. 숲이 시원한 이유는 일정량의 습도와 온도가 유지되고 지속해서 공기가 순환되기 때문에 쾌적함을 느낄 수 있는 것이다.

걸을 수 있는 숲이 집에서 지척에 있다는 것은 축복이다.

숲이 주는 효능에 대해서 모르는 사람은 거의 없지만, 숲이 있다고 해서 누구나 다 걷는 것도 아니다. 실제로 숲에 가 보면 걷는 사람은 몇 안 된다. 게을러서든지 귀찮아서 집 밖으로 나오지 않거나, 집에 있어도 재미있는 게 많은데 구태여 지루한 걷기 운동은 하지 않으려 드는 사람이 더 많다.

스스로 걸을 수 있다는 게 축복이요, 숲속을 걷는다는 게 더 큰 축복인데 사람들은 그 축복을 받으려

들지 않는다.

축복이 널려있으되 축복을 받는 사람은 몇 안 된다.

집 근처에 숲이 있다는 것은 참으로 축복 중의 축복이다.

축복 속에서 지난밤 동안 푹 자게 된 것을 정말로 감사한다.

감사는 마음이 행복해지는 근원이라고 했다.

감사함을 느낄 때와 화내고 원망할 때 우리 뇌는 활성화되는 영역이 다르다.

화를 내면 교감신경계가 자극돼 아드레날린과 같은 신경 전달 물질이 분비되고, 이것이 다시 부신을 자극해 스트레스 호르몬인 코르티솔을 분비하게 되는데 이로 인해 혈액이 근육 쪽으로 몰리면서 혈압과 혈당이 올라가고 심장 박동이 빨라지게 된다.

반면에 감사함을 느끼게 되면 사회적 관계 형성에 관련된 뇌가 즐거움에 관련된 쾌락 중추를 작동하게 해서 도파민, 세로토닌과 같은 이른바 행복 호르몬을 분비하도록 영향을 준다.

이들 행복 호르몬의 영향으로 심장 박동과 혈압이

안정되고 근육이 이완되면서 기분 좋은 행복감을 느끼게 된다.

뒤치락대면서 날이 밝기를 기다렸다가 창문이 훤해 오는 걸 보고 커튼을 열었다.

창가에까지 뻗어온 나뭇잎이 미동도 하지 않는 것으로 보아 고요하기 그지없는 아침이다.

하늘과 앞산에 안개가 끼어 뿌옇다.

고요하기는 마치 갓난아기의 숨소리 같다.

그제 밤에 손주가 태어났다. 막내딸이 낳은 손주가 내게는 다섯 번째 손자다.

매번 아기를 보러 병원에 갔는데 이번에는 코로나19 때문에 아기와의 첫 대면을 병원이 아닌 사진으로 대신했다.

사진과 영상으로 대했지만, 이목구비가 굵직굵직한 게 장군감이다. 갓난아기치고는 머리에 숱이 많아서 까맣다.

갓난아기 때문에 딸과 사위는 밤새 잠을 못 자서 피곤하단다.

아기가 두 시간마다 먹어야 하니까 어쩔 수 없는 노

릇이다.

사위가 출산 휴가를 얻어서 곁에 있으니 그나마 다행이라는 생각이 든다.

딸은 아기 때문에 죽겠다고 하지만, 내 몸이 고달프고 피곤할 때가 가장 좋을 때다.

지내놓고 보면 추억으로 남는 좋은 기억은 피곤하고 고달팠던 때의 일뿐이다.

고단하고 피곤할 때가 좋은 것은 늙어서도 마찬가지다.

내 몸이 고단하고 피곤하게 걸었더니 잠도 잘 온다.

축복이 다가오는 소리, 행복이 다가오는 소리는 요란하거니 시끌벅적하지 않다.

그저 조용히, 피곤하고 고달프게 온다.

몸이 피로해서 노곤하면 행복이 찾아왔음을 의미한다.

후일 행복했던 추억을 되살려 보면 다 그런 시간이었다.

남들은 미국 교포를 어떻게 볼까?

—

고등학교 1학년 때였다.

같은 반 친구는 일 년이면 한두 차례 미국에서 날아오는 편지를 받았다.

이발소를 나타내는 것처럼 끝자락에 빨, 파, 흰색이 박혀 있는 편지 봉투는 보기만 해도 바다를 건너온 티가 확연하면서 고귀해 보였다.

그때만 해도 해외 우편물은 희귀해서 그랬는지 친구는 봉투를 자랑스럽게 들고 다녔고, 그런 편지를 받는 친구가 부러웠다.

편지를 보낸 사람이 누구냐고 물어보면 자기 형이라고 했다.

형이라면서 편지를 집으로 보낼 일이지, 구태여 학교로 보내는 이유는 무엇일까?

그때 나는 친구에게 직접 대놓고 물어보지는 않았지

만, '엄마가 계모인가?' 하는 생각도 해 보았다. 의구심
이야 어땠건 나는 미국에서 오는 편지가 부러웠다.

군에 있을 때는 의정부에서 카투사 중대 서무계로
근무했다.

나의 선임자인 이 병장은 미국에서 오는 편지를 받
는다.

그것도 노랑머리 여자 친구에게서……

몇 달에 한 번 받는 편지이지만, 그는 편지 봉투를
내게 자랑스럽게 보여 주곤 했다.

그때는 그게 부러웠다.

미국 여자와 펜팔을 했는데 어쩌다가 받는 답신이지
만, 태평양을 건너온 편지를 받아든 선임자가 위대해
보이기까지 했다.

어떻게 알게 된 사이인지 궁금했지만, 물어보지도
못했다.

물어봤다가는 "너 같은 건 꿈도 꾸지 마라." 할 것 같
아서 그냥 입 다물고 바라만 보았다.

나에게도 미국에서 오는 편지가 있으면 좋겠다고 부
러워하면서……

세월이 흘러 내가 미국에서 살면서부터는 한국에서 오는 편지를 받았다.

그때만 해도 한국이 찢어지게 가난했던 시절이라 받는 편지마다 신나는 소식은 없었다.

오래전에 한 번 본 외가 쪽 조카로부터 나도 미국에 갈 수 없느냐는 사연이라든가, 친하지도 않았던 고등학교 동창한테서 중동에 나와 있는데 미국으로 갈 수는 없겠느냐며 묻는 편지뿐이었다.

내게 오는 편지는 하나같이 주문이 아니면 부탁하는 내용이었다.

『Oil Refinery Magazine』, 『Science Magazine』 이런 잡지를 보내 달라는 부탁도 있었다. 가난한 주제에 일 년 치 잡지를 주문해 주는 것도 벅찼다.

편지 봉투 뜯는 게 겁나기만 했다.

그러나 그런 것도 세월 따라 다 가버렸다.

그때는 몰랐는데 지금 생각하면 그게 다 즐거운 고민을 안겨 주는 좋은 선물이었다.

지금은 편지라는 자체도 사라졌지만, 내게 부탁하는 사람도 없다.

미국에 다녀온 사람은 벼슬이나 한 것처럼 으스대던 시절도 있었다.

그런 세월도 다 흘러갔고, 지금은 한국도 미국처럼 잘사는 나라가 돼서 누구나 미국을 이웃집 드나들 듯 오가지만, 그래도 미국에서 산다고 하면 한 번 더 쳐다보는 것도 사실이다.

마치 이마에 USA 마크가 붙어 있는 것처럼 눈여겨본다.

처음에는 사람들이 USA 마크를 찾아보려고 훑어보는 게 싫어서 가능하면 숨겨 가며 말했다.

시간이 지나면, 뻔뻔스러워지고 양심도 무뎌지기 마련이다.

오히려 남들의 시선을 즐기려 든다.

염치라는 건 원숭이 낯짝 같아서 한두 번 겪고 나면 부끄러움이 사라진다.

눈치 빠른 한국인들이 왜 이딴 짓거리를 모르겠는가?

으스대는 교포들을 깔보는 일도 많다. "검은 머리 바나나.", "한국을 위해 하는 것도 없이 혜택만 축낸다." 이런 식으로 말이다.

"매사, 미국은 선이고 한국은 악이냐?" 하며 대드는 사람도 보았다.

얼마 전에는 추신수 선수의 어린 두 아들이 미국 시민권을 받았다고 해서 병역 회피라는 비난에 휩싸이기도 했다.

미국에서 태어난 아이들은 18세가 되기 전에 한국 국적을 포기하든지, 아니면 한국에서 병역 의무를 수행하지 않으면 병역 기피자가 된다. 언뜻 듣기에 그럴듯한 법처럼 들리지만, 법을 실행하기에는 너무 많은 모순이 있다.

미국에서 태어난 아이 중 8할은 한국어를 잘 못 한다. 한국어를 알아듣지도 못하는 사람을, 한글도 모르는 사람을 군대에 데려다가 어쩌자는 거냐?

군에 안 가면 기피자로 몰아놓고, 멀리 미국에 사는 사람이라 잡아가지도 못하는 그런 법, 즉 실행 불가능한 법을 만들어 놓고 범법자라는 올가미를 씌우려는 거나 다름없다.

그러면서 무서울 정도로 미국 교포를 힐난한다.

때로는 미국에 사는 게 '죄'처럼 느껴질 때도 있다.

한국에서 보는 이중 시각도 더 큰 문제다.

1970년도에 해외로 이민 가는 자는 지참금으로 200달러를 초과할 수 없었다.

그러면서 가능하면 브라질, 캐나다, 미국에 이민 가라고 부추겼다.

반세기가 지난 지금 와서 성공한 교포는 '자랑스러운 대한민국 국민'이라 부르고, 평범한 교포는 '현지 한인'으로 치부하는 게 이중 잣대지, 무엇이냐.

미국 시민권자가 한국 방문 비자를 신청할 때, 또는 거소증을 신청할 때 미국 내 범죄 경력 증명서를 제출하도록 법을 바꿨다니? 범죄자는 고국에서 받아주지 않겠다는 심산이다.

고국은 모국이고 모국은 엄마인데 엄마가 죄지은 자식은 받아주지 않겠다면……

엄마가 자기 이익을 위해서는 자식이고 뭐고 없다는 식으로 나가면……

이런 식이라면 세상살이 참 험악한 거지……

만남

나는 만남을 좋아한다.

그리운 사람을 만나는 것처럼 행복한 일도 없다.

샌프란시스코 공항 근처 작은 공원에 차를 세웠다. 활주로에 이착륙하는 비행기가 보인다.

비행기가 뜨고 내리는 모습은 언제 보아도 신기하다. 나 말고도 여러 사람이 차 속에 앉아서 공항 풍경을 즐기고 있었다. 나는 스마트폰이 울리기만 기다리고 있다. 아내는 한국 국적을 회복하려고 한국에 나가 석 달을 홀로 지내다가 오는 길이다. 아내는 입국 수속을 마치고 카트에 짐을 싣고 밖으로 나와서 내게 전화하리라. 와서 픽업하라고.

우리의 만남은 이런 식으로 변해 있었다. 구태여 비싼 공항 주차료 낼 필요 없이 기다리고 있다가 전화 받고 달려가는 식이다.

벌써 30년도 더 된 일이다.

공항 로비에서 아내를 기다리던 때가……. 그때는 스마트폰도 없었다.

아내는 친정아버지가 위독하다고 해서 한국에 나갔다가 한 달 반 만에 돌아오는 길이었다.

공항 로비는 버스 정류장처럼 늘 드나드는 곳도 아니지만, 막상 가 보면 아늑하고 낯설지 않았다.

허구한 날 많은 시선이 훑고 지나간 전광판이지만, 닳지도 않고 반짝였다.

언제 도착할 것인가를 찾아보는 나의 눈길이 확인을 거듭했다.

공항 로비는 언제나 기다리는 사람들로 붐빈다.

문이 열리면 카트를 밀면서 나오는 승객이 두리번거리며 마중 나온 사람을 찾았다.

스쳐 가는 눈빛도 잠깐, 낯익은 얼굴은 금세 눈에 띈다.

부둥켜안고 기뻐하는 모습이 지극히 정겹다.

기쁨은 전염성이 강해서 남들까지 마음이 설레고 기쁘게 한다.

잠시 후, 나의 눈길을 사로잡는 아내가 나타났다. 조금은 낯설어진 것도 같고, 어색함도 감돈다. 자그마치 석 달 만의 만남이니까…….

그때만 해도 젊은 아내는 서울 명동 미용실에서 커트했는지, 아니면 유행하는 옷을 사 입었는지는 몰라도 생소하다는 느낌마저 들었다.

반가운 김에 아내의 손을 잡았다. 아내의 손은 예전처럼 따스했다.

아내도 서먹함을 깨트리려는지, 집에 가서 해도 될 말을 두서없이 늘어놓았다.

긴 투병 중에 마지막 순간이 다가오던 날, 아버지는 이발사를 불러오라고 하더란다.

어머니를 만나러 가는데 허접스럽게 하고 갈 수는 없다고 하셨다.

침대에 누워 있는 채로 머리와 수염을 깔끔히 깎았다. 손거울로 얼굴을 보여드렸더니 만족해하셨다. 그리고 다음 날 돌아가셨다.

설레는 마음으로 아내를 맞이하던 때가 엊그제 같은데, 세월은 루돌프가 끌고 간 눈썰매처럼 훌쩍 가버렸다. 아이들도 커서 다 나가고 늙은 부부만 남았다.

오늘은 국적 회복을 한다며 한국에 나갔던 아내가 돌아오는 날이다.

나는 아침부터 부산을 떨었다. 장시간 여행에 지친 입맛에는 얼큰한 김치찌개가 제격이다.

돼지고기와 두부를 썰어 넣고 김치찌개를 끓여놓았다.

아내에게 멋지게 보이기 위해 샤워하고, 면도하고, 향수도 뿌렸다.

사람은 첫인상이 중요해서 처음 보는 순간 거의 모든 것이 드러난다.

긴 인생 여정에서 면도하는 5분은 아무것도 아니다. 그러나 그 5분이 운명을 결정짓기도 한다.

늘 같이 사는 아내라고 해서 느슨하게 대할 일도 아니다.

아내는 남편을 깔보면 안 된다는 법이 있는 것도 아니다.

아내가 한국에 나간 지 열흘째 되던 날이었다.

열흘 동안 냉장고에서 꺼내 먹기만 했더니 냉장고가 텅 비었다.

이참에 냉장고 청소나 하자는 생각이 들었다.

밑의 서랍 세 개를 꺼내 깨끗이 비눗물로 씻은 다음 뒷마당의 햇볕 잘 드는 곳에 놓았다.

3층 칸을 들어내고 닦았다. 문짝에 붙어 있는 선반 네 개도 물걸레로 씻어냈다.

구석구석 끼어있는 때가 웬만해서는 벗겨지지 않았다.

그래도 아내가 좋아할 생각을 하면 힘들어도 힘든 줄 몰랐다.

문명은 하루가 다르게 발전해서 이제는 필수품이 된 스마트폰이 생활 패턴을 바꿔놓았다.

구태여 주차비를 없애면서까지 공항 주차장에 차를 댈 필요 없이, 그냥 공항 근처 공원에 있다가 문자로 연락받으면 가서 픽업하면 된다.

만남의 기쁨도, 이별의 아쉬움도 새로운 문명기기에 밀려서 사라져 버렸다.

생활의 편리함은 정서적 그리움과 감동을 빼앗아 간다.

아내가 한국에 나가 있어도 영상통화며 문자 소통, 하다못해 어디로 놀러 갔었는지 동영상까지 공유하고 있으니 멀리 있다는 느낌이 들지 않는다. 다만 반가움

만은 여전히 남아 있어서 문자를 받으면 반갑고 영상이나마 얼굴을 보면 반갑다.

오늘 아내를 맞이하는 분위기는 신문명 편의주의에 밀려 예전 같은 그리움이나 감동은 사라지고 없어서 썰렁하고 싱겁다.

만남이 만남 같지 않고 일 갔다가 오는 아내를 버스 정류장에서 픽업하는 것처럼 맨숭맨숭하다. 이미 다 알고 있어서 물어볼 것도 없고 새로운 소식도 없다.

그래도 내가 만남을 좋아하는 까닭은 만남에는 아름다운 반가움이 있고, 은은히 풍기는 체취가 있어서 행복하기 때문이다.

동네 한 바퀴

―

아침 열 시쯤이면 걸어서 동네를 한 바퀴 돌아온다.

어제오늘의 일이 아니고 늘 그래왔다.

전에는 혼자 걸었는데 지금은 아내와 함께 걷는다.

코로나19 사태 이후 피트니스 센터가 문을 닫는 바람에 아내는 피트니스 센터에 운동하러 가지 못하게 되면서 나를 따라나섰다.

해가 오늘 갑자기 뜬 것도 아닌데, 아침 햇살이 비타민 D 형성에 좋다고 얻어들은 이야기가 떠올라 반갑고 고귀해 보인다.

늘 느끼는 거지만 아침 공기는 신선하고 햇살이 피부에 와 닿으면 상쾌하다.

전에는 동네 한 바퀴 돌아오도록 스쳐 지나가는 사람 그림자도 보지 못했는데, 코로나19 사태 이후 걷는 사람이 많아졌다.

여러 얼굴을 만나면서 반갑기도 하고 무섭기도 하다. 서로 피해 가면서 내가 당신을 피하는 까닭은 싫어서가 아니라는 신호를 보낸다. 웃으면서 "하이." 하거나 손을 흔들어 인사한다.

참 이상한 풍습이 다 생겨났다.

짧다면 짧은 30분 걷기 운동 사이에 평지도 있고 평지를 지나면 야트막한 언덕도 있어서 숨을 가쁘게도 한다. 언덕을 지나면 작은 공원이 있어서 공원을 반 바퀴 돌아 나온다.

약간의 언덕과 내리막길을 두어 번 지나고 나면 아침 운동으로는 충분하다.

걷다 보면 이런저런 집들이 즐비한데 그중에 내가 가장 좋아하는 집은 야트막한 언덕 길가에 깊숙이 들어가 자리 잡은 이층집이다. 집 앞 정원이 여느 집보다 넓기는 해도 농장으로 쓸 만큼 넓지는 않은데도 작은 규모의 포도밭으로 꾸려놓았다.

보통 집 앞마당 정원과는 달리 정원이 포도밭 농장이어서 특이하고 신선해 보인다.

계절 변화를 가장 잘 나타내는 농작물의 변신을 볼 수 있어서 흥미롭다.

포도 농사로 와인을 만든다는 것을 그 집에 세워놓은 드럼만 한 포도주 참나무통을 보면 알 수 있다. 포도 넝쿨에 달린 포도가 청포도인 것으로 보아 백포도주를 담글 것이다.

포도밭에 돌아가면서 말뚝을 세우고 엉성하게나마 철삿줄을 늘어뜨려 놓아 울타리 역할을 대신하는 거로 보아 때로는 무단 침입자가 들이닥쳐 포도를 따 먹는 모양이다.

아닌 게 아니라 오늘은 야생 사슴이 내 눈에도 띄었다.

뿔이 아직 덜 자란 걸 보면 어린 사슴 같다.

어떤 때는 어미 노루가 새끼를 데리고 다닌다. 어린 노루는 겁이 많아서 사람을 보면 얼른 숨어버린다.

가까이서 보면 사슴이나 노루나 하나같이 귀가 어른 가죽 장갑만큼 크다. 머리통에 비교해서 귀가 유별나게 큰 것이 가분수 같다.

사슴이나 노루가 가지고 있는 무기는 오로지 커다란 귀뿐이어서 큰 귀를 거의 360도 돌려대는 재주도 있다.

땅에 떨어진 열매를 주워 먹을 때면 등 뒤를 향해 열려있는 귀가 소리를 듣기 위하여 바짝 날을 세운다. 작은 소리일지언정 빨리 듣기 위해 커다란 귀를 안테나처럼 이리저리 돌려댄다. 소리를 듣고 먼저 알아차려야 잽싸게 도망칠 수 있기 때문에 귀가 유난히 크고 청각이 발달해 있다.

멀리서 바스락대는 소리만 나도 고개를 번쩍 쳐들고 살펴본다. 도망가야 할 것인지 그냥 남아 있어도 되는지 판단하려는 눈빛이 날카롭다.

자신을 해칠 사람이 아니라는 것으로 판단되면 긴장을 누그러뜨리고 평화로이 먹이를 찾는다.

포도밭 집을 지나 한참 오다 보면 앞 정원이 넓은 집을 하나 더 만나게 되는데 지난봄에 정원의 길가 쪽을 포도밭으로 일궜다. 두 줄로 포도나무를 가지런히 심은 모양새가 영락없는 나파의 포도 농장 같다. 수확을 기대하고 심었다기보다는 시골농장의 여유를 맛보려는 것처럼 보인다.

새로 심은 포도 가지가 기어 올라가는 것을 보고 '나

도 우리 집 뒷마당에 포도나무나 심을까?' 하는 유혹
을 느끼기도 했다.

내가 늙었다는 조건이 가로막지만 않았다면 나도 포
도나무를 심었을지도 모른다.

오늘은 새로 일군 포도밭에서 특별한 것을 보았다.

포도밭을 둘러싼 엉성한 철삿줄 울타리에 조각 이
불이 널려있다.

아름다운 조각 이불이 다섯 폭이나 널려있는데 디자
인이며 모양새가 세련돼 보인다.

누군가 솜씨 있는 사람이 만든 수공예품이라는 것
을 단박 알아보았다.

지나다니는 사람이 몇 안 되는데 길에서 전시회를
열리는 없고, 나는 고개를 갸웃거리면서 조각 이불을
하나하나 살펴보았다.

작년에도 잠깐 널려있었지만 나는 관심 없이 그냥
지나쳤다.

하지만 이번에는 신기하고 볼만해서 자세히 눈여겨
보았다.

여러 가지 색종이 같은 헝겊 조각을 이어 만든 이불

이 마치 조선 시대 조각 보자기처럼 곱고 아름답다. 조각 이불이 드문드문 다섯 폭이 널려있는데, 그런대로 커서 어른이 덮어도 되리만치 널찍하다.

마침 어떤 여자가 차를 세우고 내려오더니 사진을 찍는다.

옳다구나 잘됐다 하는 생각에 그 여자에게 물어보았다.

"저 이불을 팔겠다는 건가요?"

여인은 지역 신문을 읽고 일부러 찾아온 것 같았다.

"아니에요, 미세스 제이슨이 지난주 오클랜드 전시회에 출품했던 작품들인데, 동네 사람들에게 보여주는 거예요."

아! 나는 '물어보지나 말걸. 괜히 물어보아 망신만 당하는구나!' 하는 생각에 얼굴이 달아올랐다.

바보처럼 예술적 가치도 못 알아보고 그저 파는 물건이냐는 투로 말을 걸다니, 나도 참 한심한 사람이구나 하는 생각이 들었다.

어쩐지 집주인이 정원의 길가 쪽으로 포도밭을 일궈 동네 사람들에게 삶의 풍요를 보여주려는 마음 씀씀이가 다르다 했지…….

한동안 자리를 뜨지 못하고 잔잔한 예술품을 눈여겨보며 감상했다.

아내와 나는 다시 걸음을 옮겼지만 마음이 착잡하다. 아름다운 삶이란 무엇인가 곱씹어 본다.

가을과 겨울 사이

비가 며칠째 질금질금 내린다.

바람이 부는 것도 아니고 그렇다고 비가 계속해서 내리는 것도 아니다.

오다, 말다 찔끔찔끔 내리다, 말다 한다.

장마 통에도 거지 빨래해 입을 햇볕은 난다더니 아침에 해가 조금 비쳤다.

너나없이 호수공원으로 쏟아져 나왔나 보다.

차를 몰고 호수공원 앞을 지나다 보니 운동 나온 사람들이 제법 많아 보인다.

누님도 이 기회를 놓칠 수 있느냐면서 친구들과 10시에 공원에서 만나기로 했단다.

나도 나가 보려 했지만, 이것저것 하다 보니 늦어졌다.

오후로 접어들면서 다시 찌뿌둥한 게 곧 비가 올 것

같다.

나갈까 말까 망설이다가 가장 가까운 '팔슨' 공원이나 한 바퀴 돌아 보기로 마음먹었다.

한동네에서 오래 살다 보면 동네 역사도 알게 된다.

반세기 전에는 아이들이 많아서 '팔슨' 공원 자리에 유치원이 있었다.

아이들이 줄어들면서 유치원을 없애고 공원으로 조성해 놓은 조그마한 공원이다.

내 딴에는 날씨가 쌀쌀한 것 같아서 두툼한 겨울 잠바를 입었다.

목장갑도 꼈다. 장갑은 종로 3가에서 2,000원 주고 산 것이다.

공원을 향해 걷는 발걸음이 가볍다.

코너 집의 캠퍼 넣어두는 차고 지붕 위에 매달아 놓은 독수리 모형 방향타가 지난밤 비바람에 넘어져 있다. 땅바닥으로 떨어지지 않은 것만도 다행이라는 생각이 든다.

공원은 한산한 게 아무도 없다.

가을이 스치고 지나간 흔적이 역력해서 단풍도 다

날려 떨어졌다.

추위에 강한 이름 모를 나무만 아직 빨간 잎을 붙들고 놓아주지 않는다.

잠깐 걸었는데 더워서 웃옷을 벗고 싶다.

물론 그렇다고 해서 벗어들 만큼 따뜻한 날씨는 아니다. 아무리 덥다 해도 겨울은 겨울이니까.

아줌마 셋이서 걷는다. 한 여자는 반팔을 입었다.

나만 두꺼운 겨울 잠바를 입고 걷는다.

내가 한국에서 막 오다 보니 겨울옷 감각에 머물러 있기 때문인 모양이다.

지퍼를 내려 앞가슴을 열었다. 목장갑도 벗었다.

A에서 B의 환경에 익숙해지려면 번번이 시행착오를 거친다.

그렇게 많이 경험해 봤건만 아직도 가늠하지 못하다니, 인생 아무리 오래 살면 뭐하나!

KBS 〈아침마당〉에서 자녀가 이혼하겠다는데 말려야 하나, 그냥 내버려 둬야 하나를 놓고 돌아가면서 한마디씩 하는 걸 보다 나왔다.

서로 다른 두 사람이 만나서 살려면 부딪쳐서 스파

크가 일어나기 마련인데, 상대의 잘못만 눈에 띄는 게 문제다. 문제가 있는 상대를 고치려고 하는 것은 더 큰 문제다.

내가 상대를 고칠 수는 없고, 할 수 있는 일은 스스로 변하는 것뿐이다.

이는 시행착오를 거치다 보면 알게 되는 것이어서 하나가 되기를 원한다면 내가 변하는 길밖에 없다.

두툼한 겨울 잠바를 끼어 입고 걸어가면서 터득한 건데, 날씨더러 기온을 내게 맞추라고 할 수는 없고 내가 옷을 벗어서 기온에 맞춰야 하는 것도 같은 이치다.

위내시경 검사받던 날

새벽에 집을 나섰다.

러닝셔츠 위에 겨울 잠바를 걸쳤다. 봄철이어서 남들은 봄옷을 챙겨 입었는데 나는 일부러 겨울 잠바를 입었다. 남 보기에 볼썽사납게 보일 것 같았지만, 쌀쌀한 날씨에 따뜻하게 입고 볼 일이라는 생각에서 그랬다.

안국동 전철역에서 내려서 6번 출구로 나갔다. 이번에는 알고 가는 길이라 마음 놓고 찾아갔다.

일주일 전에 왔을 때는 헷갈렸다. 분명히 종로 경찰서 맞은편 길 건너에 있는 것으로 알고 있었는데 통 눈에 띄지 않는다. 흔해 빠진 간판도 없다.

찾다 못해 빌딩 안으로 들어가 수위에게 물어보았다. 수위는 그냥 가르쳐 줘도 될 일을 구태여 밖으로 따라 나와 손가락으로 가리키면서 저기라고 한다.

혜성 병원은 길 건너 종로 경찰서 옆에 있었다.

참 알다가도 모를 일이다.

수년째 여러 번 가 보았으면서도 왜 엉뚱한 곳에 있다고 기억했을까?

한국은 자라나는 아이 같아서 경제 발전도 빠르게 성장하고, 선진국 문명을 받아들이는 속도도 남다르게 빠르다. 올해부터 병원 진료 시스템도 선진화했다. 전에는 예약하지 않아도 병원에 가면 진찰 받고 검사하고 결과까지 그날로 다 이루어졌다. 그러나 지금은 전화로 예약하고 날짜에 맞춰서 병원에 가야 한다.

일주일 전에는 의사를 만나 문진만 하고 위내시경 검사를 받는 날짜를 잡았다. 내가 선택할 수 있는 날짜가 여럿 있었지만, 일부러 아침 업무가 시작하는 시간을 선택하면서 위내시경 보는 환자로는 첫 번째 환자가 되고 싶다고 말해 주었다. 간호사도 첫 번째 환자가 될 것이라며 시간을 정해 주었다.

결국, 첫 번째 환자가 되고 싶어서 일부러 새벽부터 서두른 것이다.

내가 위내시경 검사 첫 번째 환자가 되기를 열망하는 까닭은 언젠가 TV에서 내시경용 기구 소독을 제대로 하지 않는다는 보도를 접했기 때문이다. 그 보도가 정말 믿을 만한지, 어떤지는 알 수 없으나 한 가지 분명한 것은 일과를 끝내고 퇴근할 때는 그날 사용했던 의료 기구는 모두 소독해 놓고 퇴근해야 한다는 사실이다.

그런 관계로 첫 번째 환자가 되면 소독한 기구를 사용할 것이라는 TV 보도 해설자의 말을 믿었기 때문이다.

그런데 그렇게 서둘렀음에도 불구하고, 그렇게 다짐했음에도 불구하고 대기실에 들어가 보았더니 내 앞에서 위내시경 검사받을 사람이 두 명이나 있고 대기실에서 기다리는 사람이 나보다 앞인 것으로 보아 내가 네다섯 번째라는 걸 알 수 있었다.

병원과의 약속은 사랑 같아서 다짐해도 소용없다. 급한 환자가 있을 수 있고, 돈 많은 사람 앞에서는 어쩔 수 없다.

비수면 위내시경으로 선택했다. 수면 내시경은 잠깐 잠들었다가 깨면 볼일을 다 본 게 되지만, 비수면 내시경은 내시경 보는 내내 깨어 있으니까 진행 상황을 그대로 알 수 있다.

내가 비수면 내시경을 선택한 이유는 신장 기능이 약

해서 투약이나 마취를 가급적 피해야 하기 때문이다.

내시경실에 들어가기 전에 혹시 "틀니가 아니냐?", "앞니 중에 흔들리는 이는 없느냐?" 이런 질문도 받았다.

커다란 구멍이 뚫린 딱딱한 플라스틱 마우스피스를 입에 넣고 앞니로 꽉 깨물었다. 옆으로 눕고 목에 힘을 빼란다. 나는 목에 힘을 줘 본 일이 없는데, 힘을 빼라니? 힘을 빼라는 말이 무슨 뜻이냐고 물어보았다. 잠자는 것처럼 축 늘어져 있으라는 뜻이란다. 말똥말똥한 정신으로 잠자는 것처럼 축 늘어져 있기란 그리 쉬운 일이 아니다. 목구멍 깊숙이 마취 스프레이를 뿌리고 침을 삼키란다.

잠시 후에 기다란 검정 튜브를 내가 물고 있는 마우스피스를 통해서 내 목구멍으로 넣었다.

튜브가 위까지 도달하는 데 한참 걸리는 것 같았다. 올갹질이 나는 걸 참을 수가 없었다. 올갹질을 해도 위가 비어 있으니 나올 것도 없다.

튜브가 위에 도달했나 했더니 공기를 위 속으로 넣어 위를 풍선처럼 부풀린다. 배가 부어오르는 걸 느낄 정도이니 공기를 많이 넣은 모양이다. 생리적으로 자연스럽게 트림을 하면서 공기를 빼내는데 그렇게 긴 트림은 처음 해 봤다. 트림 소리도 크지만 길게도 한다.

위가 팽창해야 사진을 찍을 수 있다면서 트림하지 말고 참으란다. 다시 공기를 주입했다.

트림이라는 게 내가 참는다고 참을 수 있는 게 아니지 않은가? 공기를 빼내려는 생리현상을 어찌 참는다고 될 일이냐. 세상에서 가장 긴 트림을 "끄르륵~" 소리도 요란하게, 길게 뿜어냈다.

하지 말라고 말리는 소리는 연상 들려오지만, 참으라는 소리도 수없이 들리지만, 내 맘대로 할 수 있는 건 아무것도 없었다. 마치 죽지 말란다고 해서 죽지 않을 수 없듯이…….

오직 빨리 끝내줬으면 좋겠다는 마음만 간절했다.

다 끝내고 걸어 나오면서 생각해 보았다.

내 몸을 위해서 하는 짓이니 참고 견뎠지, 만일 이 짓을 남을 위해서 참고 견뎌야 한다면 어찌 감당하겠는가?

헌책은 버려야 하는 거 아니에요?

___

캐나다 토론토에서 사는 아들이 방문했다. 책꽂이에 꽂혀있는 오래된 책들을 보면서 물어본다.

"아버지, 저 책들 갖다 버려 줄까요?"

보지도 않으면서 자리만 차지하고 있는 오래된 책들은 이제 버려야 하지 않느냐고 묻는다.

아들의 말이 틀린 건 아니지만 그렇다고 버리기에는 아깝다.

헌책들이 가부좌를 틀고 앉아 있다는 것이 늙은이네 집이란 티를 내는 주범이기는 해도 내다 버리기에는 어딘지 섭섭하다는 생각이 든다.

"그냥 놔둬라. 내가 알아서 처리하마."

간단하게 거절했다.

일전에 캐나다에서 사는 친구가 들려준 이야기다.

친구는 제목만 봐도 추억이 떠오른다고 했다. 추억 속에서 사는 인생의 전형적인 일면이다.

그러나 아들이 보기에는 모두 쓰레기에 불과하다.

쓰레기가 맞다. 친구가 죽으면 곧바로 쓰레기통으로 들어가고 말 것이다.

나는 친구처럼 추억 속에서 살고 싶지 않다.

샌프란시스코 한인회 건물 한쪽에는 독서 방이 있고 도서가 1만여 권 꽂혀 있다. 전 한인회장은 도서관학과 출신이라 책을 모아 독서 방을 꾸려놓고 죽었다.

다음 한인회장이 2년여 동안 지켜보았으나 독서 방에 드나드는 사람을 보지 못했다. 아무도 들여다보지 않는 독서 방이 자리만 차지하고 쓸모가 없다는 판단 아래 묵은 도서 1만 여권을 몽땅 트럭에 실어서 쓰레기장에 갖다 버렸다.

지금처럼 인터넷이 발달한 디지털 시대에 누가 케케묵은 책을 읽겠느냐고 했다.

야속하다는 생각은 들지만, 시대의 흐름에 따라야 한다는 말도 맞다.

오클랜드 차이나타운에 가면 '아시안 도서관'이 있다. 오클랜드 시립 도서관 분점을 차려놓은 곳이지만 차이나타운 안에 위치해 있어서 거의 다 중국인들이 드나드는 도서관이다. 그곳에 한국 섹션과 일본 섹션도 있다. 오래전부터 도서관에 한국 책이 있다는 이야기를 들어서 알고는 있었지만, 가 보지는 않았다.

은퇴 후 한가한 시간이 많아서 한번 들러 봤다. 한국 섹션이라고 해 봐야 도서 진열대 두 줄이 전부다. 아래위를 훑어보면서 한 번 걸어가면 그게 다다.

하지만 한국인 직원이 두 명이나 있다. 일 년에 도서 구매 예산이 2,000달러(2백 2십만 원)라는 이야기도 들었다.

도서관에 진열된 책보다 내가 보유한 책이 더 최근에 출판된 책이다.

지난번에 들렀다가 내가 보던 책일망정 기증하면 어떻겠냐고 물어보았다.

나도 안다. 책이라고 해서 아무 책이나 다 받아줄 리 없다. 먼저 리스트를 보내드릴 테니 그중에서 고르라고 했다. 이제 리스트를 어떻게 짤까 고민 중이다.

읽기에 딱딱한 책은 골라서 일산 알라딘에 갖다 팔고, 문학 서적 위주로 도서관에 기증할 생각이다. 알라딘에 갖다 팔아봤자 몇 푼 안 되리라는 것도 안다. 그렇다고 끼고 있으면 나중에 쓰레기만 된다. 그나마 책의 생명이 살아있을 때 헌책방 책꽂이에 꽂혀 있으면 누군가 필요로 하는 사람이 집어갈 게 아니냐. 책은 만나야 할 사람을 만나야 빛이 난다.

도서관에 기증할 목록을 준비하려면 시간이 좀 걸리겠지만 그래도 내가 죽기 전에 처분해야지, 그렇지 않았다가는 몽땅 쓰레기장으로 실려 가고 말 것이다.

죽기 전에 스스로 정리할 기회가 주어진다는 것은 참으로 복된 인생이다.

미국인들에게 영웅 대접을 받으면서 저세상으로 간 존 매케인 상원 의원은 스스로 자기 묘비명도 써놓고 죽지 않았더냐. "조국에 충성했다(He served his country)."

그렇다고 해서 내가 당장 죽는 것은 아니지만, 준비하고 받아들이는 건 아름다운 일이다.

첫 번째로 시집 리스트를 만들고, 두 번째로 소설집 리스트를 만들 생각이다.

지난 몇 년 사이에 구입한 시집 중에서 45권을 골랐다. 책 상태는 새 책이나 다름없다.

나도 책장을 비운다는 게 아깝지만, 필요하면 빌려다 보면 된다. 시집 리스트를 이메일로 오클랜드 시립 도서관에 보냈다. 리스트를 읽어보고 뭐라고 답할지 회신을 기다렸다.

며칠 만에 도서관에서 회신이 왔다.

"시간 되실 때 도서관에 들르셔서 목록에 있는 책들을 남겨주시면 감사히 사용하도록 하겠습니다. 지난번 이메일에서 잠시 언급했었지만, 다시 한번 말씀드리고 싶은 점은 기증받은 책들은 여러 가지 이유로 다른 기관에 재기증이 되기도 합니다.

기증해 주신 책들이 오클랜드 도서관에서 사용되지 않을 수 있다는 점을 미리 밝혀 드리고 기증해 주실 때 참고하시면 좋을 것 같습니다.

멋진 시집 컬렉션 목록을 보내주셔서 감사합니다."

견뎌내기 어려운 향수병
—

       나처럼 향수병을 호되게 앓은 사람도 없을 것이다. 젊어서 한때는 향수병 때문에 홍역을 치른 적이 있다.

향수병은 집을 떠나서 생기는 마음의 병이다.

대부분, 사람들은 집을 떠난 후 집에 대한 무언가를 그리워하며 겪는 외로움을 경험한다.

집에 대한 애착에서 우울증과 불안 증상이 나타나기도 하는데 이것은 보편적인 현상이며 누구나 겪는 통과 의례이다.

그러나 마음의 고통이 강렬해서 참을 수 없게 되면 심신이 쇠약해지면서 향수병에 시달리게 된다.

나는 누구보다도 심하게 향수병을 앓았다. 1970년 1월, 미국에 처음 이민 와서 한두 달은 이것저것 신기

한 것들 때문에 한눈팔며 다니느라고 몰랐는데 차츰 이곳이 평생 살아야 할 곳이라는 생각이 자리 잡으면서 향수병에 시달리기 시작했다.

헤어지기 힘들어했던 사람이 있었던 것도 아니었는데 밤이면 잠이 오지 않아서 거의 뜬 눈으로 새우다시피 했다. 입맛이 없어서 아무것도 먹고 싶지 않았다. 굶다시피 하는 바람에 체중이 날로 줄어 갔다. 식품점에서 가격도 만만치 않은 얇고 부드러운 '브렉퍼스트 스테이크(Breakfast steak)'를 사다 구워 먹어도 내 입에는 맛이 없었다.

자나 깨나 한국 생각만 나고 한국에 가고 싶다는 열망에 시달렸다. 한국에 특별히 두고 온 사람도 없고 가족 모두가 미국에 왔는데 그래도 한국이 그립고 미국에서는 못 살 것만 같았다. 친구들을 만나 그동안 내가 보아온 미국에 관하여 이야기해 주고 싶어서 참을 수가 없었다. 지금 생각하면 그때 미국을 알아봤자 얼마나 알았겠느냐만 그래도 말하고 싶어서 편지를 쓰고 또 쓰고, 편지 쓰는 일로 하루하루를 보냈다.

향수병은 본인이 살던 곳과 새로 맞이한 세계에서

오는 갈등으로써 가벼울 수도 있고 강렬할 수도 있다.

두 세계 사이의 전환 과정에서 나타나는 마음의 혼란과 고통을 얼마나 잘 극복하느냐에 따라서 가볍게 넘어갈 수도 있고 진한 향수병에 시달릴 수도 있다.

향수병은 적응의 한 시기 정도로서 집을 잃었다는 것일 수도 있지만, 실제로는 아직 새로운 곳에 적응하지 못해서 편안함을 느낄 수 없다는 것에서 오는 문제이다.

나와 함께 미국에 온 누님이나 형님은 아무렇지도 않은데 나만 죽을 지경으로 그리움에 시달렸다.

처음에는 내가 겪고 있는 불편함이 영원히 존재할 것만 같은 느낌이 들어서 겁도 났다. 누님은 조금만 지나면, 적응에 노력하고 생활에 익숙해지면 자연스럽게 불안감이 사라지고 평온을 찾게 된다고 나를 달래 주었다.

나 역시 시간이 지나면서 새로운 것에 친숙해지고 애착이 형성되어 갈 것으로 기대했다.

이러한 과정은 새로운 상황에 적응하면서 사람들과 관계를 맺고 한 인간으로서 성숙해 나가는 과정이기도 하다는 것쯤은 알고 있었다. 이것은 인간이 갖는 정서적 행복의 밥과 김치와 같아서 늘 발생하는 일반적인 현상이라는 것도 알고 있었다.

가깝게는 집 주변에서 일어나기도 하고, 학교에 입학했을 때, 새로운 지역으로 이사했을 때, 군에 입대했을 때, 심지어 해외 여행할 때도 일어날 수 있다.

향수병은 외로운 노인들에게 많을 것 같지만, 실은 20~30대 젊은 층에서 더 많이 발생한다. 나 역시 26살 때 향수병으로 고생했으니까.

하지만 그 과정을 이겨 나간다는 것은 그리 쉬운 일이 아니다.

이것이 향수병인지 그때는 몰랐다. 과학이나 심리학이 지금처럼 발달해 있지도 않았고 설혹 전문가들이 있었다 해도 내가 접할 수 있는 기회나 방법을 알지 못했다. 그저 그리움이 유별나다는 정도? 아니면 정이 많아서 정을 떼지 못해서 일어나는 현상 정도로만 인식했다.

인터넷의 발달로 지식이 보편화되면서 지금에서야 알게 된 사실이지만, 향수병은 사랑하는 사람을 잃은 것과 비슷한 슬픔의 반응과 묘사로 나타나기도 한단다. 하지만 향수병에 걸린 사람이 슬퍼하는 것은 사랑이 아니라 익숙한 장소를 잃었다는 것이다. 익숙한 사람들을 잃었고 그들을 갈망하는 마음에서 오는 마음의 병이다.

향수병은 우울증과 불안 감정과 관련이 있어서 종종 새로운 환경에 대처하는 데 어려움을 겪는다. 불면증, 식욕 문제, 집중력 장애를 일으키기도 하고 매우 고통스러운 상태가 계속된다.

익숙하지 않은 장소나 상황에 당면해 있기에 불편하고, 불안하고, 스트레스를 받고, 긴장하고, 싸움이나 비행을 저지르기도 한다.

향수병 상태는 다양해서 꼭 한 가지로 지적할 수는 없다. 다른 방식으로 향수병을 경험하는 사람도 많다.

이런 지식을 진작 알았었다면 고통과 치유과정에 많은 도움이 되었을 것이다.

나는 그것이 향수병인지 모르고 겪고 난 다음에야 뒤늦게 알아봤더니 그것이 향수병이었다. 당연히 향수병에 관심을 지니게 되고, 하나하나 알게 되었으며, 향수병에 관한 지식을 차곡차곡 쌓아가게도 되었다.

향수병의 고통은 미지의 세계에서 일어날 수도 있는 위험으로부터 자신을 보호하려는 적응력이 진화한 형태이다. 이미 경험으로 먼저 살던 집에서는 어떤 위험도 일어나지 않는다는 것을 알고 있기 때문에 집으로 돌아가고 싶은 것이다. 결국, 집의 편안함을 그리워하는 사람이 되고 만다.

집에 집착하고, 하루의 모든 것을 고향에서의 경험과 비교하면, 그렇게 되면 슬픔에 잠기게 되고 향수를 느끼게 되며 이것이 향수병으로 들어서는 1, 2, 3단계인 것이다.

성인으로서 속으로는 엄마가 그리우면서도 "엄마가 그립다."라고 내놓고 말하지는 못한다. 대신 "내 방이 그립다.", "친구가 그립다.", "이웃이 그립다." 하는 식으로 말한다. 내가 그때 한국이 그립고 친구가 그리웠던 것은 실은 엄마가 그리웠던 것이다.

어떤 사람들은 실제로 몸에 변화가 일어나는 경우도 있다. 나 역시 식욕이 다 떨어져서 아무것도 먹지 못했다. 힘이 없고 스스로도 몸이 쇠약해지는 것을 알 수 있었다. 나는 누님에게 부탁해서 경주용 자전거를 샀다. 자전거를 타는 사람이 멋져 보이고 나도 자전거를 타고 달리면 운동도 되고 멋진 인생이 될 것 같았다. 초기 이민으로 돈도 없는데 누님은 비싼 자전거를 사 주었다.

운동 겸 자전거를 타고 다니겠다고 했지만, 막상 타고 보니 그것도 향수병을 이겨내는 데 도움이 되지 못했다. 잃어버린 식욕은 돌아오지 않았고 그리운 한국에 관한 생각은 뇌에서 사라지지 않았다.

어떤 사람은 배탈이 나기도 하고, 떨리기도 하고, 눈물을 흘리는 경우도 있다. 이러한 증세는 향수병에서 오는 건데 엉뚱하게도 몸의 건강 상태를 의심하면서 병원을 드나든다.

향수병은 불안이나 우울증과 같은 임상 질환은 아니지만, 그러한 장애를 갖는 것도 사실이다.

긍정적인 마음보다 부정적인 마음가짐이 더 큰 사람은 불안하거나 우울한 감정이 증폭될 수 있다.

나는 이십 대의 젊은 나이였기 때문에 별로 아는 게 없었다. 이웃에 교회에 다니는 한국인 할머니가 있었는데 할머니를 찾아가 나의 그리움, 외로움을 이야기해 주면 할머니는 차근차근 자세히 설명해 주어서 내게는 큰 도움이 됐다. 후일 할머니를 따라 교회에 나가서 성가대에 합류하기도 했다. 교회에 나가면서 목사님에게서도 많은 조언을 들었다.

단순하게 들릴지 모르지만, 스스로 정상적이며 괜찮다고 생각해야 한다고 했다. 이런 향수에서 오는 증상은 일시적이며 변화해 가는 과정이라는 것을 인식하면 된다. 가능한 대로 긍정적인 생각을 가져야 하며 잠시 겪는 일로 곧 정상화될 것이라고 생각하면 부정적인 정서가 더 빨리 사라지는 데 도움이 된다.

향수병 정서는 파도와 같아서 밀려왔다, 밀려갔다 한다는 것을 인식하는 것이 좋다. 향수병 정서가 영원히 지속되지 않는다는 것을 깨닫는 것이 중요하다.

비록 향수병이 전환 초기에 가장 두드러지는 경향이 있지만, 정착한 후에도 종종 나타나기도 한다. 하지만 일단 향수병을 전환 과정의 일시적인 부분으로 받아들이면서 최선을 다해서 새로운 환경에 적응하는 것이다.

바쁘게 지내야 한다. 학교든, 직장이든, 다른 사람이든, 체육관이든, 교회든 참견해서 한가한 마음을 한 곳으로 집중해야 한다. 그리움, 외로움을 떨쳐버리기 위해서 관심사를 다른 데로 돌려야 한다.

또한, 한산한 아침이나 밤에 향수병을 느끼는 경향이 있는 것에 유의해야 한다.

정서적인 차원에서 안정과 예측 가능한 일상을 만드는 것이 좋다. 쓸데없는 공상을 하느니 '새로운 환경에 적응하게 되면 무엇이 좋아질까?'라는 생각을 한다거나 "상황이 더 나아진다면 어떤 상황이 될까?"라는 질문을 스스로 해 보는 식으로 미래를 설계하는 것도 한 방법이다.

질문에 대한 답의 목록을 만드는 것도 치유에 도움이 될 수 있다.

'어느 악기든 하나 배워봐야겠다.', '더 많은 친구를 사귀겠다.', '자원봉사를 해 보겠다.' 등 여러 목록을 기록하는 것이다. 다른 사람들과 어울려 감정과 느낌을 공유하고 이야기 중에 향수병에 걸린 경험담을 말하는 것도 괜찮다. 이야기 대상이 동료 학생이든, 직장 동료든, 성직자든, 이웃이든 상관없다. 다만 그가 긍정적인 상대라고 판단된다면 좋은 기회가 될 것이다.

긍정적인 사람과 친하게 지내는 것이 중요하며 긍정적인 사람으로부터 동정심을 얻어내는 것이 중요하다. 나의 아픈 마음을 이해하고 보듬어 주는 사람은 긍정적인 사람이어야 하기 때문이다.

"아, 끔찍하군. 향수병에 걸렸던 때가 생각나는군. 괜찮을 거야."

같은 경험이 있는 사람들로부터 동정심을 얻거나 느낀다면 향수병에 덜 걸리는 수도 있고 걸린 사람은 치유를 경험하기도 한다.

얼마간의 시간이 요구되지만, 자기 관리와 긍정의 마음을 유지하면 향수병도 지나가고 만다.

자세히 안내해 주는 사람도 있고, 듣는 대로 시도해 보기도 했지만 내게 눌어붙은 향수병은 치유되지 않았다. 이야기를 듣고 어울릴 때는 잠시 괜찮은 것 같다가도 나 혼자 있으면 다시 도지곤 했다. 나처럼 지독하게 향수병을 앓은 사람을 나는 지금까지 보지 못했다.

그때 나는 죽느냐, 사느냐 하는 기로(岐路)에 서 있는 것 같았다.

할 수 없이 한국으로 돌아가기로 했다. 한국에 돌아가서 한동안 사는 게 소원이었다. 한국으로 돌아간다는 생각만으로도 날아갈 것처럼 마음이 기쁘고 편안했다.

일 년 만에 한국으로 되돌아간 것이다. 그때는 한국

으로 가는 직항이 없어서 일본 하네다 공항에서 하룻밤 자고 다음 날 김포공항에 도착했다. 아무도 김포공항에 마중 나온 사람이 없는데도 내 집에 온 것처럼 마음이 평온하고 살 것 같은 기분이었다.

이모네 집에서 넉 달을 묵었다. 하는 일 없이 집에 누워서 책이나 읽었는데 불안한 증세며 불면증이 다 사라졌다.

어느 날 갑자기 나도 모르게 미국으로 돌아가서 잘 살아 봐야겠다는 마음이 거짓말처럼 불쑥 일어났다. 그 길로 미국에 왔는데 신기하게도 그 후로는 한국에 대한 향수가 어디론가 사라졌다.

지금 돌이켜보면 그리던 한국 고향에 가 보았지만, 아무도 나를 반기는 사람도 없고 그저 막연할 뿐이라는 현실을 눈으로 확인하고 나니 마음이 바뀌기 시작했던 것이다.

내 집은 한국이 아니라 미국이구나 하는 생각의 전환을 이루면서 평정심을 찾게 되었다.

향수병을 호되게 치르고 나서 터득한 건데, 향수병에 시달린다고 해서 자신을 힘들게 하거나 학대하지 말아야 한다. 이것은 정서적으로 느끼는 자연스러운 현상이기 때문에 힘들어하기 보다는 잘 토닥이고 다스려서 나아지도록 하는 것이 좋다.

무엇보다 방에 혼자 남아서 오래 머무르지 말아야 한다. 자신을 고립시키면 집 생각이나 과거의 유혹에서 벗어나기 어렵기 때문이다. 되도록 많은 시간을 밖에서 보내고 책을 읽으려면 많은 사람이 있는 도서관에 가서 읽는 것이 좋다. 아르바이트 일을 한다거나 바쁘게 생활해야 한다.

살면서 정이든 소품이나 오래 입어서 입으면 편한 옷을 챙기는 것도 좋은 방법이다.

만일 울적한 기분이 들 때 오래 입었던 옷, 입으면 멋지다고 스스로 생각하는 옷을 꺼내서 입으면 사라졌던 자신감도 되돌아오고 어딘가 나가 보고 싶은 생각이 들면서 기분 전환의 계기가 되기도 한다.

항상 긍정적으로 보고, 생각하는 것이 크게 도움이 된다. 긍정의 사고가 생활화되면 매사 기쁘게 해석하기 때문에 아마도 친구를 사귀는 것이 훨씬 더 쉽다는 것을 알게 될 것이다.

향수병 때문에 고민한다거나 어떤 문제가 발생해서

골치를 썩인다면 혼자 끙끙 앓지 말고 곧바로 물어보는 게 좋다. 물어보기에 적합한 사람이 없다면 주변 사람들에게라도 물어보면 아는 대로 말해 주거나 물어볼 곳을 가르쳐 준다. 내 주변 사람들이 존재하는 이유이다.

Part 4

봄의 소리

＿

봄은 어른의 보폭처럼 성큼성큼 다가온다. 이제 추위가 가셨나 하면 꽃이 피었고, 꽃이 피었나 하면 벌써 떨어지고 만다. 누구라도 봄이 빨리 와 주기를 기다리고 있기 때문일 것이다.

꽃은 서로 앞다투어 피어나고 새들은 들뜬 목소리로 제각기 제 이름을 부르며 지저귄다.

하늘이 파랗고, 햇볕은 따스하고, 뭐 하나 안 좋은 게 없는 봄이다. 뒷마당에는 앵두꽃도 어김없이 피었다.

딱딱하게만 보이던 가죽 같은 나무껍질을 여드름 튀어나오듯 쑤시고 나와 꽃부터 피운다. 꽃술을 가운데 놓고 하얀 꽃잎 다섯 개가 감싸고 있는 모습이 청순한 수녀처럼 순결해 보인다. 다섯 꽃잎은 닷새 만에 바람에 날려 떨어진다.

팔랑개비처럼 봄바람에 휘말려 떨어지는 꽃잎은 거

울 눈꽃을 연상케 한다.

봄에 피는 벚꽃은 싫든, 좋든 풍장을 선택해야 하는 운명이고 풍장으로 짧은 생을 마친다.

옆집 담을 넘어온 개 버찌 벚꽃도 봄을 놓칠세라 부랴부랴 꽃을 피운다. 먹지도 못하는 열매를 맺을지언정 꽃은 아름답다. 개 버찌 벚꽃은 구색을 맞추려고 푸른 잎과 붉을 몽우리에 흰 꽃잎을 한꺼번에 몽땅 드러내 보인다.

봄에 꽃이 피면 벌들이 제일 좋아하고, 새들은 시끄러울 정도로 노래하며 웃어댄다.

날씨가 유별나게 좋다. 햇볕이 쨍한 게 따습기가 완연한 봄 날씨다.

오늘이 입춘이라서 그런 모양이다.

캘리포니아에 무슨 입춘이 있겠느냐 하겠지만, 절기를 비껴가는 땅은 없으려니.

이런 날은 걷고 싶다. 딸네 집을 걸어서 가기로 했다.

겨울에서 봄으로 넘어가는 문턱에서 나는 따스한 햇볕에 반해 넋 나간 사람처럼 걷고 있다.

"아! 2월은 아름다워. 봄이 오는 소리가 들리네." 나도 모르게 튀어나오는 감탄.

딸네 집 문을 따고 들어가 '루시'의 목에 줄을 걸었다.

'루시'는 열 살 먹은 알래스카 허스키다.

루시는 나만 보면 어디로 어떻게 걸어가는지 알고 따라나선다.

앞서가겠다며 내달리면서 당기는 힘에 내가 끌려 간다.

개도 봄기운을 느끼나 보다.

슬금슬금 봄기운은 벌써 오고 있었나 보다. 들녘에 풀이 새파랗게 돋았다.

잡풀로 가득한 공터에서 야생 흰 수선화 무리를 만 났다.

나는 꽃을 보아 반갑고 꽃은 나를 보고 반긴다.

수선화(Narcissus)란 그리스 신화에 나오는 나르시서 스(Narcissus)란 소년의 이름에서 유래한다.

리리오페란 여인이 예언자 테레지아스를 찾아가 세 상에서 가장 아름다운 아들 나르시서스가 얼마나 오 래 살 수 있는지 알려달라고 했다. 예언자는 애처로운 표정을 지으면서 아들이 자신의 얼굴 모습을 보지 않는다면 장수할 것이라고 알려주었다.

'에코(Echo, 메아리)'란 요정은 헤라의 미움을 받아 들는 소리를 흉내는 낼 수 있어도 스스로 말을 할 수 없으리라는 저주를 받았다. 에코는 우연히 만난 나르시서스의 미모에 반해 버렸다. 하지만 나르시서스 소년의 냉랭한 거절에 버림받은 에코는 시들어 죽었고 목소리만 남게 되었다. 나르시서스 소년은 맑은 호수에 비친 자신의 모습을 보게 되었다. 그는 수면에 비친 남자의 모습에 반했다. 키스하고 껴안으려고 할 때마다 물은 흩어지고 아름다운 소년의 모습도 함께 사라졌다. 결코, 이룰 수 없는 사랑으로 인해 그는 비탄에 휩싸여 죽고 만다. 나르시서스가 죽은 그 자리에는 흰 꽃, 수선화(나르시서스: Narcissus)가 아름답게 피어나 있었다.

나르시서스가 얼마나 아름다운 청년이었으면 스스로 반해서 물에 빠져 죽기까지 하다니?

방탄 소년인가?

수선화는 슬픈 이름이구나.

바람이여

이미 봄바람이거늘

어서 신선하렴

바람이여

겨울을 지나

봄으로 오느라고

애쓴 봄바람이여

지나는 길에

수선화 꽃잎 한번 어루만져 주고 가렴

코로나19 자가 격리 3주째

뒷마당에 벚꽃이 흐드러지게 피었다.

지난겨울 쥐 죽은 듯이 조용히 지내던 나뭇가지가 엊그제만 해도 빈 가지가 숨을 쉬는지, 마는지 하더니 봄바람 몇 번 만났다고 숨을 몰아쉬며 봄기운을 뿜어낸다.

들숨과 날숨을 거푸 쉬더니 꽃이 피었다.

피었나 했더니 뒤돌아볼 틈도 주지 않고 금세 떨어진다.

바람에 휘날리는 꽃잎이 눈 날리듯 날아간다.

예쁜 꽃가지 하나 꺾어서 물컵에 담아 책상 위에 놓았다.

벚꽃이 외로워할까 봐 동백 한 송이를 곁들였다.

하룻밤 자고 났더니 꽃잎을 떨군다.

바람도 없는데 꽃잎이 떨어진다.

짝 지워준 동백이 싫어서냐? 동요 없는 방 안 공기가
싫어서냐?

벚꽃은 말없이 꽃잎만 떨군다.

우리는 눈만 뜨면 마주 보는 자가 격리 3주 차 부
부다.

우리는 둘이서만 말하고, 둘이서만 밥 먹고, 둘이서
만 산책하고, 우리는 둘뿐이다.

우리는 아무도 만나지 못하고, 우리는 아무 데도 갈
수 없고, 우리는 누구하고도 말할 수 없고, 우리는 둘
이서만 산다.

쓸쓸하고 적적해서 뒷마당만 거닌다. 뒷마당에 핀
화사한 벚꽃이 우리를 위로해 준다.

아침이면 벚꽃들이 보내는 맑고 깨끗한 미소와 눈인
사에 나도 모르게 입이 벌어진다.

옥양목 홑이불을 뒤집어쓴 것처럼 벚꽃 나무가 하얗
다. 온 세상이 하얗고, 하늘이 하얗고, 바람도 하얗다.
하얀 꽃잎이 눈 날리듯 허공에 날린다.

자가 격리 3주 차는 지겹고 따분하다.

막내딸과 하루에 한 번씩 영상통화로 외로움을 달랜다. 온종일 어린 손녀 둘과 함께 지내는 딸도 집에만 있기에 답답해서 영상이나마 손녀들을 보여 준다. 두 살짜리 라이언, 네 살짜리 디린 두 손녀는 잠시도 한자리에 머물러 있지 못하고 수선을 피운다. 수선 피우는 게 일과인 손녀도 영상 속 할아버지일망정 반가워서 어쩔 줄 모른다. 손을 흔들어 살아있음을 반긴다.

디린은 직접 그린 그림을 자랑하고 싶어서 안달이 났다. 샘이 난 동생 라이언도 쑤시고 끼어들어 제가 그린 그림도 치켜든다.

아이들은 보아 온 게 없어서 상상이 자유롭다. 누적된 기억이 없어서 순수하고, 즐겁고, 항상 행복하다. 생각나는 대로 그린다. 자유로운 생각을 표현한 그림이 신선하다.

며느리도 집에서 자가 근무 중이다. 두 손주가 학교에 가지 못하고 집에서 영상 수업을 하기로 되어 있어서 옆에 붙어 앉아서 지도해 주지 않으면 공부하지 않는단다. 귀찮고, 벅차서 학교에 보냈으면 좋겠단다. 벌써 자택 격리 3주째다.

코로나바이러스가 고령자에게는 심각하다는 것을 알고 며느리가 KN95 마스크 5장을 보내왔다. 밖에 안 나가고 집에만 있는데 마스크가 뭐하게 필요하겠느냐고 말은 그렇게 했지만, 속으로는 고맙다는 생각이 든다.

마스크 한 장은 혼자 사는 누님에게 주기로 했다. 혼자 살다 보니 외로워서 그렇겠지만 이웃 할머니들과 친구 하며 산다. 코로나19로 집에 머물러 있으라고 했건만 할머니들 사이에선 같이 산책도 나다니는 모양이다.

마스크 하나 줄 터이니 아파트 앞으로 나오라고 했다.

마스크만 건네주고 곧바로 돌아오려고 했는데 누님은 차려입고 나오는 거로 봐서 어딘가에 같이 가고 싶은 모양이다. 어디 가려고 차려입었느냐고 물었더니 같이 가자고 하지 않았느냐고 되묻는다.

소통이 잘못되었을 때의 뜨악함이란⋯⋯.

가족 말고 외부인과 가깝게 해선 안 되는데, 때가 때인 만큼 마스크만 건네주고 돌아섰다.

오면서도 마음이 께름칙하다. 차에 태워 어디라도 한 바퀴 돌아 보았으면 좋았으련만, 냉혹하게 2미터 간격을 두고 말만 하다가 헤어져야 한다니⋯⋯.

코로나19 자가 격리 4주째

　

올해는 늦게까지 비가 온다.

4월 고난 주간인데도 비는 내린다.

벌써 자가 격리 4주째다. 비가 멎은 틈을 타서 동네 한 바퀴를 걸어 본다.

나가 보면 동네 사람들 여럿이서 걸어간다. 걷는 중에도 서로 피한다. 거리 두기의 일환이다.

TV에서는 온종일 코로나바이러스에 관한 뉴스만 보여 준다.

하도 많이 듣다 보니 나도 모르는 사이에 뉴스에 중독되고 말았다.

오늘은 몇 명이 죽었나 궁금하다.

뉴욕, 이탈리아, 스페인, 프랑스, 독일 그리고 영국. 영국은 총리가 인공호흡기를 부착했다는 소식이다. 한국은 월등히 나아지고 있다.

죽는 사람이 몇이나 되는지 손꼽아 세어 보는 세상이 다 있다니?

내가 아니었으므로 다행이라고 생각하면서도 이것이 올바른 생각은 아니라는 느낌이다.

대학 동문 카톡방에 글이 하나 올라왔다.

동문 #1

"사흘 전에 밀워키에 사는 저희 사촌 오라버니가 코로나로 죽었습니다.

호흡 곤란과 고열로 병원에 입원하고 이틀 후 그리되었습니다.

유가족 모두 격리 중입니다.

장례식도 5인 이상 모이지 못하여 가 보지도 못하고 애가 탑니다.

코로나는 먼 곳에 있는 게 아니었습니다. 모두 건강 챙기시길 바랍니다."

"연일 코로나19 소식이 홍수처럼 밀려오는 가운데서 방송으로만 듣던 피해 소식을 가까이에서 듣게 되니 가슴이 무너져 아픔이 마구 밀려옵니다.

오빠의 영면에 조의를 표합니다. 아울러 슬픔에 쌓인 유가족들에게 하늘의 평화가 임하시길 기도합니다. 특히 노령이신 이모님과 올케와 조카의 생명을 보호하시고 깨끗이 낫기를 간절히 기도합니다. 후배님, 힘내세요. 열심히 기도할게요."

지금 세상에 천국과 지옥을 믿는 사람은 별로 없다. 그러나 사랑하는 사람이 죽었을 때는 누구나 그분의 명복을 빌면서 좋은 곳으로, 고통 없는 곳으로, 평온한 곳으로 가시기를 기원한다.

코로나바이러스로 인한 사망자가 전 세계에서 속출하는 가운데 감염자들은 고독한 죽음을 맞고 있다.

병원 의료진들이 코로나19 확산을 우려해 마지막 임종을 불허하면서 나 홀로 죽어가고 있는 것이다.

한 간호사는 트위터를 통해서 "우리가 지금 목도하는 것을 설명할 길이 없다. 우리의 눈앞에서 전개되는 현실은 비현실적이다."라고 밝혔다.

세상에서 가장 비참하고 힘든 것이 외롭게 죽어가는 것이다.

자택에서 앰뷸런스에 실려 병원으로 간 환자는 며칠 후 코로나19로 죽음에 이르기까지 가족들을 다시는 보지 못한다.

감염 확산 우려로 가족마저도 그에게 접근이 허용되지 않기 때문이다.

일부 경우는 병원이 마지막으로 가족들에게 다른 통신 수단(휴대전화, 워키토키)으로 환자를 연결해 주거나, 간호사를 비롯한 병원 의료진들이 임종을 지켜보기도 한다.

또는 성직자들이 희생자들을 위해 전화로 마지막 의식을 치르는 경우도 있다.

우리는 인류 역사상 가장 잔인하고 비참한 죽음을 목격해야 하는 참담한 세상을 보고 있다.

현대 과학 문명이 우주의 모든 비밀을 알아낼 것처럼 화려한 미사여구를 쏟아낼 때는 언제고, 눈에 띄지도 않는 바이러스에 참혹한 패배를 맞이하다니……

코로나19 자가 격리 5주째

자가 격리 5주째로 접어들면서 답답하고 따분한 문제들이 드러나기 시작했다.

이런 문제들은 하루에 두 번씩 운동 길에 나서면서 어느 정도 해소된다.

그러나 머리가 길어졌는데 깎아야 하는 문제는 해결이 안 된다.

머리가 얼마나 자랐나? 덥수룩하다 못해 귀를 덮을 정도다.

엄지와 검지로 뒤통수 머리를 잡아 보면 풍성하게 잡힌다.

이 난관을 어떻게 극복할 것이냐. 아무리 연구해 봐도 답이 없다.

막내 사위도 머리 깎는 데 없느냐고 물어보며 다니더니 근래에 들어 잠잠한 것이 어느 비공식으로 깎는 곳을 찾았나 보다.

분명히 비밀스러운 곳이어서 쉬쉬하는 분위기인데 거기다가 대놓고 비밀 장소가 어디냐고 물어볼 수도 없고…….

나만 고민이겠는가?

방송에서는 자택에 격리된 상태에서 살아가기 위한 이런저런 팁을 가르쳐 준다.

사람들이 이발 기계, 수염 다듬는 기계, 염색약을 많이들 구매한단다.

집에 머무는 시간이 많고 미용실을 비롯한 서비스 업종이 문을 닫다 보니 머리 손질을 직접 하기 위해 관련 용품을 구매하고 집 안에서 시간을 보낼 방법을 찾아낸다.

코로나19로 바뀌는 미국인의 일상을 보여 주는 품목을 매주별로 보면 3월 첫 주엔 손 세정제와 마스크 위생용품의 구매가 급증했다.

손 세정의 판매량은 전년 같은 기간 대비 약 40%가 늘었고 뿌리는 살균 제품 판매량은 거의 4배로 늘었다.

3월 두 번째 주엔 화장지가 동나기 시작했다. 화장지 사재기에 나서면서 제조업체가 24시간 가동해도 물량을 대지 못했다.

세 번째 주와 네 번째 주는 빵 굽는 데 들어가는 이스트 판매가 크게 늘었다.

전년도 같은 기간에 비해서 각각 647%와 457% 증가했다.

이 시기에는 햄 판매도 6배 늘었다. 집에서 매 끼니를 해결하게 되면서 아예 집에서 빵을 굽기 때문으로 해석된다.

다섯 번째 주에는 이발 기구와 염색약 판매가 166%와 23% 늘면서 집에서 이발하는 것으로 나타났다.

세상은 늘 변한다. 변하지 않는다면 그건 세상이 아니다.

코로나바이러스 시대의 이발도 변화를 모색 중이다. 혼자 머리를 깎든, 아내나 친구가 깎아 주든, 아니면 이 틈에 아예 장발족이 되든, 변하지 않으면 안 되게 생겼다.

최근 소셜미디어에서 전기이발기로 '셀프 이발'에 도

전하는 장면을 보여 주었다. 전기이발기를 살짝 갖다 댔는데 '윙!' 소리와 함께 머리가 훅 잘려 나갔다. 그 뒤로 '망한 머리' 사진들을 보여 준다.

좌우 대칭이 안 맞는 건 물론이고 조금씩 더 다듬다가 아예 삭발이 돼 버린 사진. 사진만 봐도 겁난다.

최근 미국에는 '실시간 화상 이발 레슨'까지 등장했다.

샌프란시스코의 한 이용실은 50달러를 내면 45분간 화상 통화로 머리 깎는 방법을 특강해 준다. 홈페이지에서 날짜, 시간을 예약하고 카드로 결제하면 '원격 이발'로 코치해 준다. 동영상으로 시범을 보여 주면서 "빗을 왼쪽으로 좀 더 움직여 보세요. 머리에 대고 수직으로 세운 다음……. 네, 지금 자르세요. 좋아요."라고 알려 주는 식이다.

이 코로나19 시기가 끝나면 우리 모두, 아니, 사회 전체가 달라질 것이다. 왜냐하면, 세상은 변하고 인생은 그저 시대를 따르기 때문이니까.

우리의 삶은 코로나바이러스 이전과 코로나바이러스 이후의 장으로 나뉘게 될 것이다. 변하지 않으면, 성장하지 않으면 죽은 거나 마찬가지이니까.

당장 아마존 택배가 460% 성장했다나 뭐라나. 하지만 얼마나 많은 소상인이 문을 닫아야 하는가?

자가 격리 중에 태어난 아기

―

막내딸이 아기를 낳은 지 한 달 반이 되었다.

한 달 반이 넘도록 아기는 보지 못했다.

30분이면 가 볼 수 있는 지척이건만, 사진 두 장만 받아보았을 뿐이다.

위로 딸 둘이 있고 세 번째 아기가 아들이다.

위로 딸 둘이라고 해 봐야 네 살, 두 살이어서 한창 엄마를 찾을 나이다.

아기 낳으러 병원에 가기 전에는 두 딸과 함께 코로나 대피령으로 집에 갇혀 있어야 하니까 지루하고 따분해서 그랬겠지만, 뻔질나게 카톡을 걸어 왔다.

카톡 동영상 속에서나마 두 손녀의 노는 모습을 볼 수 있고 재잘대는 소리도 들을 수 있었다.

한번 걸려오면 꽤 길게 통화했다.

카톡이 매일 걸려 오는 데다가 한 시간도 좋고 두 시

간도 그만이어서 나중에는 할 말도 없다.

이제 그만 걸어 왔으면 했다.

카톡이 걸려 오면 나는 아내에게 받으라 하고 아내는 내게 떠넘긴다.

집에서 해산 날만 기다리려니 할 일이 없어서 카톡이라도 붙들고 시간을 보내려는 심산인 것 같다.

지금 세상 돌아가는 추세로는 아이 안 낳는 게 유행이라는데, 그보다 결혼도 하지 않는 게 유행이라는데, 딸이 세 번째 애를 낳는 게 조금은 시대에 뒤처진 것 같은 느낌이 드는 면도 없지는 않았다.

한국처럼 경쟁이 심한 사회에서 사는 사람은 '아이는 나보다 더 심한 스트레스에 시달리겠지……' 하며 지레 겁먹고 아예 결혼이나 아이를 포기하는 추세지만, 미국 사회는 아직 그렇게까지는 경쟁이 심하지 않아 그런대로 아이도 나을 만하다.

서로 비교하지 않는 분위기로 이루어진 문화여서 행복지수가 자연스럽게 높은 것도 사실이다.

놀기 좋아하는 인종들 틈바구니에서 열심히 살려고 노력하는 한국인이 살기에는 더없이 좋은 기회가 되기도 한다.

나도 셋을 낳아 길러 봤지만, 둘보다는 셋이 낫다는 생각이다.

기르기에 힘들지 않으냐고 말하는 사람도 있지만, 실은 세 번째 아이는 거저 기르는 거나 다름없다.

제 언니와 오빠 따라 하다 보면 저절로 잘한다.

돌이켜 보면 셋째 아이가 없었다면 인생의 낙은 절반으로 줄었으리라.

병원에 입원하자마자 아기 낳고 하룻밤 자고 다음 날 집으로 직접 가버렸으니 아기는 얼굴도 보지 못했다. 아기 안고 집으로 간 딸은 소식이 없다. 카톡도 뚝 끊겼다.

미역국이며 떡볶이까지 해서 보내 줘도 잘 먹었는지, 어땠는지 기별이 없다.

처음에는 아기 때문에 잠도 못 자고 두 시간마다 모유 먹이랴 바빠서 그러려니 했다.

그러나 시간이 흘러도 끊겨버린 카톡은 다시 연결될 기미를 보이지 않는다.

나중에는 어떻게 지내는지 알고 싶었다.

아기 사진이라도 보내라고 했더니 겨우 한 장 보내준다.

그리고 보름이 넘도록 카톡도 없다.

뻔질나게 해대던 카톡이 뚝 끊겨서 시원하기도 했지만, 이젠 궁금해진다.

궁금하다 못해 답답하다.

아내가 거꾸로 카톡을 해서 상황을 물어보곤 한다.

입장이 뒤바뀌면서 이젠 내가 먼저 카톡으로라도 아이들 얼굴이 보고 싶다.

왜 카톡도 안 하느냐고 물어보면 아기가 잠만 자는데 떠들면 깨기 때문에 카톡이고 뭐고 걸 수 없단다.

하기야 아이 둘에 갓난아기까지 셋이다 보니 엄마로서 얼마나 바쁘겠는가.

'사회적 거리 두기' 때문에 가서 도와줄 수도 없고, 도와주기는커녕 얼굴도 보지 못하니 답답하기는 이쪽이 더하다.

한 달 반이 넘도록 갓난아기 얼굴도 보지 못했으니 어쩌면 이러다가 백일을 맞을지도 모를 일이다.

이런 얄궂은 세상이 어디 있나? 원망할 상대도 없고……

행복으로 가는 길

행복한 인생을 살기 위해서는 목표를 설정해야 한다. 무작정 설계도도 없이 행복해지려고 덤벼든다면 힘만 들고 행복에 도달하지 못한다. 설계도라고 해서 어떤 구체적인 계획이 있어서 계획을 이루고자 노력한다는 것이 아니다. 무엇보다 긍정적인 삶 속에서 자연스럽게 행복을 찾아야 하는 변화다.

긍정적인 삶을 살기 위해서는 긍정적인 사람들과 어울려야 한다.

'맹모삼천지교(孟母三遷之教)'란 말이 있듯이 어울리는 사람들이 누구냐에 따라서 나의 철학, 사고방식이 영향을 받는 것처럼, 행복해지기 위해서는 행복한 사람들과 사귀어야 한다.

자신이 되고 싶은 모습의 사람들과 함께 있으면 그 사람처럼 되고 싶은 욕구가 계속 들어서 스스로 자극을 받는다.

젊어서 담배 피우던 시절의 이야기다. 가정을 꾸려나
가면서 은근히 금연 압박을 받았다.

아이들도 셋이나 있고 큰 집을 사서 이사도 했을 때
다. 내가 갑자기 죽기라도 한다면 집이라는 게 월부로
산 집이어서 은행에 넘어갈 것이고, 가족은 거리로 나
앉게 될 것이다. 궁리 끝에 생명보험을 들었다.

생명보험을 들었다고 해서 불안이 사라지는 것도 아
니었다. 결국은 나의 건강은 내가 지켜야 한다는 결론
에 이르렀다.

나는 피우던 담배를 끊기로 했다.

내 의지로 끊어 보려고 담배 피우는 개수를 줄이기
시작했다. 한 달여에 거쳐 하루에 한 가치로 연명하는
데까지는 도달했으나 마지막 고비에서 무너지기를 여
러 번 했다. 결국, 내 의지로는 안 되겠다는 결론에 이
를 즈음, 차를 운전하고 가면서 라디오를 들었는데 이
튼 병원에서 금연 학교를 운영한단다.

나더러 들어 보라는 방송 같았다. 즉시 금연 학교에
등록했다.

금연 학교는 두 달간 일주일에 한 시간씩 모여서 강의도 듣고, 영상도 보고 자기 경험담을 나누기도 하는 프로그램이다. 어디까지나 자발적으로 행동해야 하는 것이어서 강요나 압박 같은 건 없었다.

나는 금연 학교에 들어가기 전에 담배 피우는 개수를 줄일 수 있는 데까지 줄여나갔다. 준비를 철저히 해서 하루에 한 가치로 겨우 연명하는 데까지 끌어 올려놓은 다음 금연 학교에 들어갔다. 8주간의 프로그램이 끝나는 날, 나도 모르게 담배를 피우지 않고 있었다.

그 후로 나는 의식적으로 담배 피우는 사람과 접촉을 피했다. 주변에 담배 피우는 사람이 없으니까 나도 담배를 잊고 지나간다. 금연 학교가 끝나고 한 달쯤 되었을 것이다. 같이 클래스를 들었던 급우한테서 전화가 왔다. 담배는 끊었느냐고 물었다.

나는 깜짝 놀랐다. 그동안 내가 담배를 피우던 사람이었다는 사실 자체를 잊고 살았다.

담배를 끊고 났더니 담배 피우는 사람이 옆에 오면 담배 냄새가 난다. 거짓말같이 담배 냄새가 싫어서 못 참겠는 거다.

분위기라고 하는 것은 매우 중요해서 어떤 일을 이루고자 할 때는 늘 그 분위기 속에서 살도록 노력해야 한다.

글을 쓰다가 터득한 건데 글을 쓰려면 분위기가 중요하다.

밥 먹는 것처럼 글쓰기가 습관화돼서 매일 써야 하는데 주변 사람들은 나를 글이나 쓰라고 내버려 두지 않는다. 늘 하던 대로 불러내고, 이것저것 시키는 일도 많고, 또 스스로 알아서 해야 할 일도 있다. 이런 식으로 끌려다니면 글은 쓰지 못한다.

글 쓰는 분위기가 중요한데 분위기는 누가 만들어 주는 게 아니라 스스로 만들어야 한다.

눈에 띄는 것은 책뿐이요, 손만 움직이면 닿을 수 있는 곳에 책이 있어야 한다.

잠시 딴생각을 했다가도 책이 손에 잡히니까 펼쳐보지 않을 수 없다.

책 읽는 데 정신이 팔리면 밥 먹으면서도 읽게 되고 TV가 켜져 있어도 책을 읽게 된다.

길을 걷거나 운동하는 시간에도 귀에 이어폰을 끼고 책 읽는 소리를 듣는다.

화두를 글 쓸 제목에 매어 놓고 오로지 글 쓸 궁리만 하면서 생각나는 것을 옮겨 노트에 적다 보면 어느 순간부터 글이 막 써진다.

매일 매일을 글 쓰는 분위기로 이끌고 가는 것이 중요한데, 그러다 보면 친구도 다 떨어져 나간다.

하지만 글 쓰는 재미도 친구를 만나는 것만큼 행복하다.

글은 쓰면 재미있고, 완성되면 만족스럽다. 더군다나 쓴 글이 마음에 든다면 이보다 더한 소득은 없는 것처럼, 아니, 길에서 금덩어리를 주운 것처럼 기쁘고 행복하다.

행복하려면 스스로 분위기를 만들어야 한다.

행복해지기 위해서는 늘 행복한 사람과 어울리는 것은 물론이려니와 행복해지는 공부를 해야 한다. 세상에 공짜는 없다.

책이나 영상은 늘 행복과 관련된 책이나 영상물을 접하도록 하고, 각종 강연도 듣고 내 것으로 만들어야 한다. 동시에 부정적인 책이나 미디어는 피해야 한다.

행복해지는 것도 담배를 끊는 것과 같아서 행복한

분위기 조성이 중요하다.

아무리 친한 친구라도, 꼭 부딪혀야 하는 가족이라도 그들이 부정적인 마음을 지니고 있다면, 내가 행복이란 목표를 달성하기 위해서는 가능하면 그들을 피해야 한다.

가족을 어떻게 피한단 말인가?

매일 접촉을 피할 수는 없어도 소통을 최소한으로 줄여나갈 수는 있다. 꼭 필요한 말만 하다 보면 시간이 흐르면서 나의 주장이 이해되어 가기도 하지만, 내가 분위기 메이커가 되면서 가족도 나의 의견을 존중하게 된다.

긍정적인 사람을 만나고, 긍정적인 책, 영상물을 보고, 긍정적인 생각을 유지하면 긍정적인 변화를 가져오게 되고 이것이 곧 행복으로 가는 길이다.

행복이 뭐길래?

행복은 필요를 충족시키는 시점이다. 다시 말해서 행복은 만족할 때 온다.

완벽한 행복은 모든 욕구가 충족될 때 찾아온다.

그러면 진정한 행복이란 무엇인가?

진정한 행복은 내면의 질이다. 마음이 평화롭다면 행복한 것이다.

마음이 평화롭지만 다른 것은 아무것도 없다 하더라도 행복할 수 있다.

만약 세상의 모든 것을 가지고 있다손 치더라도 마음의 평화가 없다면, 결코 행복할 수 없다.

진정한 행복은 끊임없이 자신과 사랑에 빠지는 마음의 상태다. 진정으로 행복하다면 다른 사람이나 물질적인 것이 필요하지 않다. 행복은 개인적인 노력의 결과다.

어떻게 하면 충만하고 행복한 삶을 살 수 있을까?

행복한 삶은 하룻밤 사이에 일어나지 않는다. 하지만 행복의 비밀을 찾기 위해서는 매일 열쇠가 될 일들을 해야 한다.

긍정적으로 보는 눈을 길러나가고, 아주 작은 성공도 자축하고, 일과 삶의 균형을 맞추면서 명상하는 시간을 갖는다.

새로움을 찾아다니고, 자신의 결점을 수긍하고 고쳐

나가고, 좋아하는 일을 하면서 현명하게 살아야 한다.

어떻게 하면 긍정적인 삶을 살 수 있을까?

타고난 모습에 긍지를 갖도록 하고, 가진 것에 감사하고 자신을 다른 사람과 비교하지 말아야 한다. 모든 상황에서 긍정적인 면을 찾아보도록 하고, 마음에 안 들더라도 통제하지 말고 내버려 두는 게 좋다.

분노할 일이 있으면 곧바로 잊어버리고, 욕심을 버리고 현재를 살아야 한다.

마지막으로 다가올 일을 미리 걱정하지 않는 게 좋다.

유대교의 경전이자 갖가지 지혜로 가득한 『탈무드』에는 이런 말이 있다.

"세상에서 가장 현명한 사람은 항상 배우는 사람이요.

세상에서 가장 강한 사람은 자기를 이기는 사람이요.

세상에서 가장 행복한 사람은 모든 일에 감사하는 사람이다."

행복이란 좋은 거다. 누구나 갖고 싶고 누리고 싶어한다. 그러나 행복이 오게끔 하는 방법이 있는데 그것은 감사의 비밀을 터득할 때 이루어진다.

젖니

내가 어렸을 때는 이가 하나도 없는 합죽이 할머니를 흔히 볼 수 있었다.

이웃에 혼자 사시는 할머니가 있었는데 합죽이에다가 허리가 기역 자로 꼬부라진 꼬부랑 할머니였다. 가끔 나의 외할머니를 보러 집에 오시곤 했었는데 밥도 죽처럼 끓여서 자시곤 했다.

지금은 치과 의술이 발달해서 합죽이 할머니도 임플란트를 해서 든든한 대용 이빨을 끼워 주기도 한다.

사람은 이갈이를 하는 동물이다. 젖니가 먼저 나고 영구이가 뒤따른다.

이갈이는 대게 6세에서 7세쯤에 이루어지는데, 젖니가 빠지고 어른 이가 나온다.

어린아이는 턱이 작아서 어른 이를 수용할 수 없어서 임시로 작은 이를 가지고 있다가 턱이 커 가면서 어

른 이가 나올 만한 자리를 확보해 주면 그제야 영구이
가 나온다.

이빨은 숫자가 많아서 하나가 빠지고 나면 다음에
또 빠지고 계속해서 빠진다.

그러다 보니 사람은 누구나 어려서 젖니가 빠지던
일을 기억하고 있다.

가장 먼저 빠지는 젖니는 아래 앞니이다. 그리고 제
일 먼저 자라나는 이는 첫 번째 위아래 어금니이다.

내가 어렸을 때는 젖니가 흔들리면 실로 감아서 잡
아채면 쉽게 빠졌다.

빠진 이는 아침에 지붕에다 던지는 풍습이 있었다.
그러면 까치가 물고 가고 새 이를 가져다준다고 들었
다. 나는 그 말을 철석같이 믿었다. 그래서 빠진 이빨
을 힘껏 지붕 위로 던졌던 기억이 난다.

오래전 어린이 영어책에서 읽은 이야기인데

일본이나 월남에도 비슷한 풍습이 있어서 빠진 이를
지붕에다 던진다. 다만 까치가 아닌 그냥 새가 물어간
다고 한다. 일본이나 월남에는 까치가 없으니까 당연하
다는 생각이 든다.

멕시코나 스페인에서는 새가 아닌 생쥐가 물어간다는 풍습이 있다. 생쥐가 돈을 놓고 물어간다는 것이다.

몽골은 좀 특이해서 생쥐 대신 개가 이빨을 먹어 치워야 하는 풍습이 있다. 뼈다귀를 씹어먹는 튼튼한 개의 이빨이 부러웠던 모양이다.

그보다도 몽골인들은 개는 사람의 수호천사라고 믿는 전통이 있다.

전해져 오는 풍습에 의하면 개가 아이의 빠진 젖니를 먹어 치워야 수호천사로부터 튼튼한 어른 이를 받을 수 있다는 것이다. 부모는 아이의 젖니를 고기 기름에 잘 싸서 개에게 먹인다.

아이의 젖니를 수호천사나 요정에게 전해 주는 풍습은 서구에도 있다.

유럽의 여러 나라 어린이들은 이빨 요정이 젖니를 세어놨다가 돈이나 선물로 교환해 준다고 믿는다. 이빨 요정 이야기는 어떻게 해서 생겨났는지 신비에 싸여있다.

모르긴 해도 이야기는 수백 년 전에 영국이나 아일랜드에서 시작되었을 것이다.

전해지는 풍습에 의하면 아이가 빠진 이빨을 베개 밑에 넣고 자면, 아이가 잠든 사이에 이빨 요정이 이빨을 가져가고 대신 무엇인가를 놓고 간다는 것이다.

프랑스에서는 캔디나 작은 선물로 바꿔 간다고 한다.

다른 나라에서는 어찌하든, 미국에서는 이빨 요정이 베개 밑에다 돈을 놓고 간다.

요즈음은 1달러나 5달러 정도이다. 이빨의 수가 많으니 아이는 꽤 많은 돈을 버는 것이다.

우리 아이들도 어렸을 때 베개 밑에다 빠진 이빨을 놓고 잠들면 아내가 몰래 1달러짜리로 바꿔서 넣어주면 그렇게 좋아했다.

아이들은 빠진 이빨을 베개 밑에 놓고 난 날 저녁에는 밤에 이빨 요정이 올 것을 고대한다.

그 바람에 아내는 아이가 잠들었는지를 살펴보느라고 밤이 늦도록 기다리는 수고를 해야만 했다.

지금도 미국에서는 아이들의 젖니가 빠지면 베개 밑에 놓고 자라고 가르쳐 준다.

아이들은 이빨 요정이 와서 돈으로 바꿔 간다고 철석같이 믿고 그렇게 한다.

잘된 건지, 잘못된 건지 알 수는 없으나 한국은 변해도 너무 많이 변했다.

오늘날 한국에서의 생활은 모두 아파트에서 살고 있어서 빠진 이빨을 던질 지붕이 없어지고 말았으니 아이들에게는 꿈이 사라지고 만 것이다.

지금처럼 까발려진 세상에 동화 같은 이야기를 믿을 아이가 어디 있겠느냐 할 수도 있겠으나 그래도 들려주면 나름대로 아름다운 꿈을 그려 볼 만한데, 이빨을 덜질 지붕이 없다는 것은 불행한 일이다.

요즈음 엄마들은 애가 젖니 갈이를 하면 치과에 데려간다. 보기에 안타깝다.

젖니를 빼서 치과 진료실에 있는 쓰레기통에 그냥 버리는 것을 지켜보는 서글픈 아이의 시선을 그려 보면 씁쓸한 생각이 든다.

아이가 젖니를 지붕에라도 던져놓고 작은 꿈을 그리면서 잠들 수 있다면 얼마나 좋을까.

지붕 없는 집에서 산다는 것은 꿈이 없는 집에서 사는 것은 아닌지…….

여자 이발사

　　집에서 가까운 이발소를 찾다가 전에 봐두
었던 다운타운 쇼핑몰에 있는 이발소를 떠올렸다.

　가는 날이 장날이라고, 불이 꺼져 있는 걸 보면 오늘
은 영업을 안 하는 모양이다.

　문에 영업시간이 분명하게 적혀 있다.

　월, 목은 문을 닫고 화, 수, 금, 토는 아침 8시 30분
부터 오후 4시 30분까지 연다.

　분명한 시간표를 붙여놓은 것으로 보아 미국인 손님
을 받는 전형적인 미국 이발소라는 느낌을 받았다.

　공교롭게도 목요일이라 허탕만 치고 돌아왔다. 다음
날 다시 가기로 했다. 나야 은퇴해서 맨날 노는 사람이
고 이발사는 시간이 돈일 테니 가능하면 이발사가 한
가한 시간에 가는 게 좋을 것 같아서 오전보다는 오후
늦게 가기로 했다.

뜻밖에도 여자 이발사다. 이발사는 미국인 노인의 머리를 깎고 있었다. 한 사람만 깎으면 내 차례가 올 것으로 여기고 자리에 앉아 기다렸다. 미국인 노인은 머리가 백발이지만 머리숱은 풍성했다. 머리를 깎는 게 아니라 다듬고 있는 것 같았다. 곧 끝나려니 하고 기다렸는데 그렇지 않았다.

여자 이발사와 손님은 무슨 할 이야기가 그리 많은지 둘이서 별별 이야기를 다 한다.

음식 이야기부터 어떻게 먹으면 맛이 있고 어떻게 먹으면 맛이 쓰다면서 깔깔댄다.

마치 이발은 다 끝났는데 더 많은 이야기가 하고 싶어서 헛 가위질을 하면서 시간을 끄는 것처럼 보였다. 여자 이발사는 한국인 같아 보이는데 영어로 말하고 있으니 긴가민가했다.

기다리는 동안 이발소 안을 둘러보았다.

작은 공간에 앞뒤 벽을 거울로 장식했고 이발 의자가 둘뿐이다. 손님이 앉아 기다리는 의자가 세 개에 머리 감는 세면대가 하나 있는 간단하고 좁은 공간이다.

이발사가 신고 서 있는 뉴발란스 운동화는 어울리지

않게 가분수다. 매일 서서 일하자니 발이 아파서 특별히 골라 신은 신발 같았다.

특이한 것은 등받이가 없는 높고 둥근 의자에 앉아 머리를 깎는다는 점이었다. 옆으로 돌아갈 때면 의자를 끌어다 놓고 앉아서 머리를 깎았다.

이것도 온종일 서서 일하자면 다리가 아파서 고안해 낸 자구책일 것이라고 짐작했다.

그러나 무엇보다도 기다리는 시간이 너무 길었다.

여자 이발사는 귀해서 보기 드물지만 나는 여자 이발사의 머리 깎는 실력을 믿는 편이다.

나는 중학교에 다닐 때 미아리 고개 너머 서라벌 예술 대학교 밑, 마당이 넓은 기역 자 집에서 형과 둘이 자취했는데 우리는 문간방에 세 들어 살았고 주인집 마루 건넌방에는 30대 부부가 세 들어 살았다. 남편은 경찰관이었고 부인은 이발사였다.

부인이 이발소에서 머리를 깎는 게 아니라 마당 한 귀퉁이에 작은 거울을 걸어놓고 아는 사람의 머리를 깎아 주는 무허가 이발소를 운영했다.

나도 그 여자 이발사한테서 머리를 깎았다. 그 당시

중학생은 머리를 박박 깎았으니까 특별한 기술이 필요한 것은 아니었다. 누구라도 가격만 싸게 받는다면 이발을 맡겨도 됐다.

그러나 여자 이발사라고 해서 얕볼 것이 아니다. 웬만한 남자 이발사보다 잘 깎았다.

여자 이발사에게 좋은 경험이 있었던지라 이번에 만난 여자 이발사에게도 거부감 같은 건 없었다.

드디어 백발의 미국인 노인의 이발이 끝났다. 자리에서 일어난 노인은 머리를 잘 깎아 줘서 고맙다면서 여자 이발사를 껴안고 등을 토닥여 준다. 미국인들의 인사방식이 허그이긴 하지만 이발사와 손님이 허그하는 건 처음 보았다.

이제 내 차례여서 이발 의자에 앉아야 할 텐데, 이발사는 자리를 정돈하는 중이다. 아마 깨끗이 정돈하고 앉으라고 하려나 보다 하고 기다렸다.

그러나 미국인 손님에게는 그렇게 말도 잘하던 이발사가 내게는 인사도 없고, 앉으라는 말도 없는 것이 무뚝뚝해 보였다. 기다려도 이발사로부터 이발 의자에 앉으라는 말은 나오지 않았다. 결국, 내가 먼저 의자에 앉아야 하지 않겠느냐고 물어보면서 앉고 봤다.

아무 대꾸도 없이 이발사는 안으로 들어가더니 나올 생각을 하지 않는다.

잠시 쉬는 모양이라고 짐작하고 기다렸다. 여자 이발사는 매우 꾸물대는 타입이다.

한참 만에 돌아왔다. 돌아와서도 새 손님에게 인사도 없다.

내가 먼저 영어로 말을 걸었다. 지금껏 미국인 손님과 영어로 말했으니 나도 당연히 영어로 말을 걸었다.

"여기서 오래 영업하셨지요?"

"네. 오래 했어요. 그런데 한국, 중국 어느 나라 분이세요?"

"한국인인데요."

여자 이발사는 반갑다는 듯이 한국말로 인사한다.

그러면서 혹시 아는 사람이 소개해서 왔느냐고 묻는다. 나는 누구의 소개로 온 것이 아니다. 지나다니면서 이곳에 이발소가 있다는 것을 오래전부터 알고 있었다.

내가 다니던 이발소는 멀리 다른 도시에 있지만, 한

국인 머리는 한국인 이발사가 깎아야 모양새가 나기 때문에 좀 멀더라도 줄기차게 오래 다녔다.

이발소라는 게 한번 정하면 죽을 때까지 다니는 게 일반적인 특성이다.

이발사도 은퇴할 나이가 넘다 보니 돈벌이도 귀찮은 모양이다. 예약 손님이 아니면 안 깎겠단다. 어쩔 수 없이 이발소를 옮기는 중이다.

처음 무뚝뚝했던 것과는 달리 여자 이발사는 머리 깎는 가위질 소리 장단에 맞춰서 이야기를 풀어갔다. 가위질 사이사이로 이야기 추임새를 넣는데 몇 마디하고 가위질하고, 또 몇 마디 이어가고 가위질하고를 반복한다. 내가 말하는 동안에는 가위질을 멈추고 서서 내 말을 듣는다.

일상적인 대화이지만 여자 이발사는 상대의 말문을 여는 재주가 있어 보였다.

먼저 자신이 편안하게 마음을 열고 털어놓는다.

양식을 먹느냐, 한식을 먹느냐로 시작해서 자기는 떡을 하도 좋아해서 아무 떡이나 다 잘 먹는다는 둥, 빵을 좋아해서 커다란 둥근 빵 한 덩어리를 앉은자리에서 다 먹는다는 둥 먹는 소리로만도 끝이 없다. 혼자만 떠드는 게 아니라 상대의 말을 끌어내는 재주도 있어서 나도 덩달아 털어놓게 만든다.

여자 이발사는 대화가 오가도록 먼저 마음을 연다. 마음을 오픈하면서 타인에게 신뢰를 보내는 것이 그녀의 심리적 능력으로 보였다.

평생 이발소를 드나든 나는 이 이발사의 기술이 어떤지 한번 깎아 보면 금세 안다.

여자 이발사는 미국에 와서 이발 기술을 익힌 이발사다. 미국인 이발사가 머리 깎듯 깎았다.

잘해 주느라고 그랬겠지만 내 머리 깎는 데 꼬박 한 시간이 걸렸다.

한 시간씩 앉아서 머리 깎아보기는 처음이다. 이리 깎고 저리 깎고, 다듬고, 앞으로 보고 뒤로 보고 온갖 재주를 다 부리는 데 무려 한 시간이나 걸렸다.

이런 식으로 머리를 깎다가는 하루에 손님을 몇이나 받을지 내가 다 걱정이다.

그런대로 머리는 잘 깎았다. 마음에 든다.

여자 이발사에게 머리를 깎은 때가 코로나바이러스로 자가 격리당하기 이틀 전이었다.

그러니까 그 이후로 자영업도, 소상인도 문을 닫으라는 바람에 이발소도 문을 걸어 잠갔다.

자가 격리 4주째를 넘기면서 머리는 어디 가서 깎지 하는 문제가 발생했다.

나만 그런 게 아니라 미국인이건, 한국인이건 남자들은 모두 머리 깎는 문제에 봉착했다.

스스로 머리를 깎는 방법을 TV에서 보여 주더라며 아내가 가르쳐 준다.

하지만 혼자 자기 머리를 깎는다는 게 어디 쉬운 일이냐?

이제부터는 할 수 없이 장발족으로 변신할 수밖에 없을 것 같다.

1960년대 나팔바지에 긴 머리, 그 화려하고 좋았던 시대로 돌아가야 한다.

내가 원해서든, 아니든 그 옛날 멋진 시대로······.

그때는 장발이 멋져 보였다. 유행에 거슬리게 치켜 깎은 머리를 하고 다니는 사람은 촌스러워 보였다.

청바지 젊은이들의 기수 조영남도, 김세환도 머리를

길렀다. 종로 쎄시봉에 들르면 장발족들이 우글거렸다.

아! 코로나바이러스는 우리를 옛날로 돌려보내는구나. 그것도 가기 싫다는 사람을 강제로……

기왕에 돌려보내려거든 장발만 말고 젊음도 같이 돌려 보내주렴……

불경죄(不敬罪)

—

　　　　　낼 모래가 어머니날이라고 꽃 매장이 넓게 자리 잡았다.

　고객들이 줄을 서서 돈을 내느라고 북적대는 한가운데, 새로 만들어 놓은 꽃 매장이 볼만하다.

　꽃으로 뒤덮인 매대에 온갖 꽃이 다 있다. 백합, 국화, 카네이션, 장미…….

　꽃 종류도 많지만, 색깔도 다양하다.

　없던 매장을 새로 만들어 놓은 게 어머니날을 겨냥해 한몫 챙겨 보겠다는 심산일 것이다.

　오후에 코스트코에 들렀다가 목격한 현장이다.

　아내는 산소에 가져갈 꽃을 미리 사서 집에 꽂아 놓고 즐기다가 일요일에 가지고 가자고 했다.

　그래도 되나 하는 생각에서 잠시 머뭇거렸다. 그러

면 안 될 것도 같고, 괜찮을 것도 같다.

아무래도 꽃을 사긴 사야 하는데, 나흘이나 앞당겨서 미리 사도 되나 하는 생각이 들었지만, 한편으로는 일찍 산들 어떠랴 싶은 생각도 들었다.

아내 말마따나 그냥 산소에 갖다 놓고 올 건데 집에서 며칠 즐기다가 가져가면 본전은 톡톡히 뽑을 게 아니냐는 말도 맞는 것 같다.

흰색, 보라색이 섞인 국화 한 다발을 집어 들었다.

제법 묶음이 풍성한 게 꽃송이도 많다.

판매하는 꽃은 대가 길어서 한 뼘은 잘라버려야 꽃병과 키가 어울린다.

돌아가신 장인, 장모님이 보고 있는 것 같아서 꽃대를 자르기는 했어도 꽃대를 묶고 있는 고무줄이나 꽃묶음을 싸고 있는 투명 종이는 벗기지 않은 채로 꽃병에 꽂았다.

적어도 이 꽃은 우리가 즐기려고 산 꽃이 아니라 산소에 가져갈 꽃이라는 걸 보여드리려는 마음에서 투명 종이에 싸인 상태로 그냥 꽃병에 꽂아서 부엌 싱크대 위에 놓았다.

아내는 꽃과 함께 묶여 있던 꽃 비타민을 왜 물에 타지 않았느냐며 직접 물에 섞는다.

꽃이 며칠 사이에 비타민 좀 못 마셨다고 시들겠는가?

저녁에 야구 중계방송을 보다가 꽃이 잘 있는지 궁금해서 부엌에 가 보았다.

고무줄로 묶이고 투명 종이에 싸여 있는 꽃송이들이 콩나물시루처럼 빼곡하다.

꽃들이 나를 보자 답답해 죽겠다고 아우성친다. 숨을 못 쉴 것 같단다.

내가 봐도 그런 것 같다. 측은하고 애처로워 보인다.

가위로 고무줄을 끊고 투명 종이도 벗겨냈다.

화병 안에서나마 여유를 갖고 작은 꽃송이는 넓게 피고, 꽃 몽우리는 마저 피우라는 생각에서 그랬다. 한결 보기에 시원하고 넉넉해 보였다.

지나다니며 꽃을 볼 때마다 보기는 좋은데, 집에서 나 홀씩이나 즐기다가 산소에 가져간다는 게 꺼림칙하다.

"직접 사서 들고 오는 꽃이냐? 아니면 진력나도록 보다가 가져오는 꽃이냐?" 하고 묻지는 않겠지만, 그래도 마음에 걸리는데 그게 왜 그런지 나도 모르겠다.

예로부터 조상님께 올리는 건 가장 좋은 것, 햇곡식, 햇과일이어야 한다는 고정관념 때문일 것이다.

세상은 고속도로 1차선을 질주하는 것처럼 빠르게 바뀌어 가는데 마음은 옛날 그대로인 건 왜일까?

지금 세상은 꽃이 철도 없이 피어나는데, 봄에 국화꽃을 가져가도 되는 건지 그것도 걸린다.

꺼림칙한 마음이 가시지 않아서 멀리 캐나다에서 사는 친구에게 전화로 물어보았다.

"산소에 가져갈 꽃을 미리 사놓고 즐기다가 가져가도 되는지……?"

친구의 아버님은 한학에 조예가 깊으셔서 아버님을 보고 자란 친구도 아는 게 많다.

전에도 웬만한 예의범절은 친구의 조언을 듣곤 했었다.

친구는 웃으면서 불경죄(不敬罪)에 걸릴까 봐 그러느냐고 되묻는다.

별걸 다 걱정한단다. "아무려면 어떠냐. 꽃 없이도 가는데, 마음이 중요한 거지." 하는 훈계만 들었다.

그동안 불경죄란 죄가 있는 것도 잊고 살았다.

나의 외할머니는 툭하면 불경죄를 들먹이셨다. 시부모를 잘못 모시면 옥고를 치러야 하던 시절이라 불경죄도 성립했다.

지금이야 사라지고 없는 법이지만, 불경죄란 '존경이나 경의를 표해야 할 사람이나 사물에 대해 불손한 말이나 행동을 함으로써 성립하는 죄'인 것이다.

친구는 전화를 끊으면서도 여러 번 강조했다. 아예 불경스러운 마음을 갖지 말라고……

친구의 말이 옳기는 하다만, 내 맘이라고 해서 내 맘대로 되는 것도 아니다.

나는 속으로 중얼거렸다.

'그런 마음 갖지 말란다고 그 맘 어디 가나?'

Part 5

친정집이 잘살아야

한국은 물가가 비싸다. 미국에서 살다가 한국을 방문하는 사람들은 이구동성으로 돈이 헤프다고 한다. 십만 원, 이십만 원 들고 나가 봐야 하는 것 없이 다 녹아버린다고 말한다.

미국에서 백 달러면 이것저것 사는 게 많은데, 한국에서는 백 달러를 환전해 봐야 금세 사라진다.

미국에서 가장 흔해 빠진 것 중의 하나가 수박이다. 수박 큰 덩어리 하나에 4천5백 원(3.99달러)이다. 나는 수박으로 주스를 만들어 놓고 하루에 두세 잔씩 마신다. 한국에서는 수박 철일 때도 6천4백 원(6달러) 주고 한 덩어리 사다가 먹어 보곤 그만이었다. 가을로 접어들면서부터는 가격이 올라서 엄두를 내지 못했다. 홈플러스에 나온 수박은 한 덩어리에 2만 6천 원이라고 붙어 있다. 2만 6천 원이면 달러로 22달러다. 수박 한 덩어리에 22달러? 기가 막힌다. 엊그제 종로에 나갔다가 과일 상점에 수박이 있기에 가격을 물어보았다. 주인은 팔 생각이 없는지 가격이 비싸서 말해 주기 싫단다.

세상에. 얼마나 비싸기에 말 못 할 정도란 말인가. 하우스에서 길러서 그렇단다. 결국, 가격은 알아내지 못하고 돌아섰다.

미국은 사시사철 수박이 흔하다.

여름에는 캘리포니아 수박을 먹고 겨울에는 멕시코에서 넘어온 수박을 먹지만, 그렇다고 해서 가격이 올랐다 내렸다 하지는 않는다. 아무튼, 미국에서 식료품 가게에 가면 먹고 싶은 건 다 집어도 마음이 편하다. 하지만 한국에서는 가격부터 보고 머릿속으로 계산기를 쉴 새 없이 두들겨야 한다.

메이드 인 코리아(Made in Korea) 가전제품도 미국이 한국보다 싸다.

미국으로 수출하려면 운송비도 있고 관세도 물어야 하니까 미국에서 더 비싸야 하는 게 응당 맞겠으나 실제로는 그렇지 않다. 한국에서보다 월등하게 싸다. 한국도 사람 사는 곳인데 한국 사람들이라고 싸게 사는 방법을 왜 모르겠는가. 요새는 해외 직구가 유행이다. 같은 TV도 해외 직구로 사면 가격이 저렴하다. 같은 물건을 국내에서 비싸게 파는 이유야 알 수 없지만, 소비자로서는 불공정하다는 생각이 든다.

한국은 물건 가격만 비싼 게 아니다.

살기에도 빡빡하다. 입시 경쟁에서부터 취직 경쟁, 결혼 경쟁, 정년퇴직 경쟁, 경쟁에 짓눌려 죽을 지경이다. 이러면 안 된다는 걸 알면서도 비교 문화를 발전시키는 방향으로 정부가 은근히 부추긴다. ○○고등학교, ○○대학만 나오면 그걸로 인생을 뻐기면서 살아갈 수 있다.

남들이 우러러보고, 부러워하고, 이로 인해 부모는 물론이려니와 온 집안이 한 단계 업그레이드된다.

무엇인가 잘못되긴 잘못되었는데 어디서 어떻게 고쳐나가야 할지에 대해서 아는 사람은 없다. 오죽하면 기회만 닿으면 한국을 떠나고 싶어 할까. 자식의 미래를 위해서, 아니면 자식을 위해서라는 핑계로 한국 탈출을 꿈꾸는 사람들이 줄지 않는다는 것은 그만큼 살기 힘들다는 말이 되겠다.

『조선일보』에 해외 이주 신고자 통계가 실렸는데 2018년에는 약 2,200명으로, 2016년의 455명에서 2년 만에 약 5배가 뛰었다. 한국을 떠나는 이유로 자산가는 국내 정치, 경제 상황을, 중산층은 환경, 교육 문제를 주요 원인으로 꼽고 있다.

오늘은 캄캄해도 내일은 햇빛이 들 거라는 기대는 강 건너간 지 오래다.

친정집이 잘살아야 시집살이도 수월해지는 건데, 친정집 형편이 각박해서, 친정집도 힘들어하니 시집살이인들 오죽하랴. 미국에서 살다 보면 가난한 멕시코나 필리핀 출신들은 친정이 가난한 죄로 본인들도 제대로 된 대우를 받지 못한다. 부자 나라 독일이나 일본에서 온 사람들은 친정이 부자니까 자신들도 대우받으면서 산다. 물론 사람들이 다르다는 건 부정할 수 없는 사실이지만, 부강한 나라 출신인지, 아닌지에 따라서 대우를 달리 받는다는 것도 엄연한 사실이다.

친정집 타령이 그래서 나오는 거다.

우리 친정도 과도한 경쟁 없이 수월하게 잘사는 나

라가 된다면 더는 바랄 게 없겠는데……

 그러기 위해선 서로 비교하고 경쟁하지 말아야 하는데……

 너는 너고 나는 나여야 하는데……

"너 유대인이지(Are you a Jew)?"

—

　　벌써 여러 날째다.

　맥도날드에서 커피를 사 마신 지가.

　커피를 마시려고 해서 마시는 게 아니다.

　기왕에 우체국까지 나온 김에 맥도날드에 들러 커피나 마시자는 심산에서다.

　커피가 제값을 다 받는다면 사서 마시지 않을 것이다.

　그러나 다운타운 맥도날드에서는 노인 할인으로 커피가 유별나게 싸다.

　시니어 커피는 0.58(6백 원)달러이다. 벌써 5년도 넘게 같은 가격이다.

　쇼핑센터 주차장에 차를 세웠다.

　오늘도 나는 우체국으로 가고 아내는 커피를 사러 맥도날드로 향했다.

내 볼일은 끝났으니 아내가 있는 맥도날드로 터덜터덜 걸어갔다.

마주친 흑인 홈리스 아주머니가 돈 좀 달란다.

웃으면서 돈 없다고 두 손을 들어 보여 줬다. 그러면서도 마음이 개운치 않다.

민망한 생각도 든다.

민망한 마음을 달래려고 옛날 내가 미국에 처음 왔을 때의 일을 떠올려 본다.

오클랜드 다운타운에 있는 일본 식품점에 갔을 때의 일이다.

그 당시에는 한국인이 많지 않아서 한국 식품점이 없었다. 한국 식품은 주로 일본 식품점에 들러 고르던 시절이었다. 일본 식품점이라고 해 봐야 편의점처럼 조그마한 가게였다.

도로변에 차를 세우고 식품점으로 가려는데 흑인 홈리스가 돈을 구걸했다.

그때도 홈리스는 있었다.

돈 없다고 했더니 "너 유대인이냐(Are you a Jew)?" 하고 따진다.

'Jew'라는 말은 'Jewish'를 줄여서 얕잡아볼 때 부르는 말이다. 마치 'Japanese'를 깎아내릴 때 'Jap'이라고 부르는 것과 같다.

갑자기 홈리스의 한마디에 내가 'Jew'가 되고 말았다. '주'는 수전노를 의미한다.

홈리스도 보면 모르나? 내가 동양인인데 '주'냐고 묻는 까닭은 유대인이냐고 묻는 게 아니라 수전노냐는 의미다.

갑자기 나는 원치도 않는 수전노인지, 구두쇠인지가 되고 만 것이다.

누추하게 차려입은 홈리스가 설혹 구걸은 할망정 당당하게 자신의 견해를 내세우면서 나를 놀리는 것이다. 놀랍기도 하고 당혹스럽기도 해서 슬며시 자리를 피했다.

그때부터 홈리스를 피해 다닌다. 잘못했다가는 변을 당할 것 같아서 보고도 못 본 척한다.

그래도 마주치는 적이 많다.

운전하다가 신호등 앞에서 파란불이 켜지기를 기다릴 때 "나는 트럼프를 미워합니다."라고 쓴 사인을 들고 내게로 다가오는 홈리스도 보았다. 빨간 신호등에 걸려서 서 있으면 멀쩡한 여자 홈리스가 차창 밖 1m도 안 되는 거리에서 서글픈 눈으로 바라보고 있을 때도 있는데, 그럴 때는 마음이 흔들린다.

다운타운 맥도날드 문 앞에는 늘 홈리스가 서 있다가 나오는 사람들에게 구걸하는 게 일상이다. 오늘 아침에도 맥도날드에서 커피를 사 들고 나오는데 홈리스의 푼돈 구걸에 딱 걸려들었다. 줄 때도 있고 안 줄 때도 있는데 마침 동전이 남았기에 홈리스가 들고 있는 종이컵에 넣어 주었다.

자전거를 타고 순찰 다니던 경찰관이 그 모습을 지켜보더니 내게 말했다.

"다음부터는 돈 주지 마세요. 버릇돼서 자꾸 옵니다."

아! 그렇구나. 그까짓 동전 몇 푼이 홈리스를 도와주는 게 아니라 나쁜 버릇을 길러주는 꼴이구나 하는 것을 알게 되었다.

그 후로는 망설여진다.

줘도 문제, 안 줘도 문제인 서글픈 현실 속에서 커피 맛만 달아난다.

기생충 빈대

—

내가 외할머니네 집에 처음 갔을 때는 8살이었을 때다.

6·25 전쟁이 휴전으로 치닫던 때이니 아마도 1952년일 것이다.

대구로 피난 갔다가 외할머니가 사는 서울 성북구 돈암동으로 돌아왔을 때다.

외할머니는 삼선 초등학교가 내려다보이는 산동네에서 살고 계셨는데 집 장사가 지은 흙벽돌집에 전세로 살았다.

그때만 해도 외가가 잘살던 시절이라 고향인 춘천에는 본집이 있고 서울에 전셋집을 얻어서 대학에 다니는 친손주를 돌보며 지내셨다. 손주가 서울대학교에 입학하자 귀한 손주를 어떻게 하숙시키겠느냐면서 할머니가 친히 전셋집을 얻어 살면서 손주 밥을 해 주고 있었다.

전쟁이 나자 모두 피난 가고 할머니 혼자 남아계셨다.

옛날 집은 장작을 때서 방을 데우던 시절이라 방에
는 화롯불도 있었다.

그때 나는 처음으로 빈대라는 족속을 알게 되었다.

밤에 등잔불을 끄면 빈대들이 벽을 타고 기어 내려
온다.

마치 베트콩의 침범처럼 소리 없이 내려와 물기 시작
한다.

빈대 사냥을 하기 위해 갑자기 등잔불을 켜면 빈대
들이 벽을 타고 기어 올라가는 모습이 어찌나 빠른지,
잽싸게 잡지 않으면 다 놓치고 만다.

잡는다는 것은 손가락으로 빈대를 눌러 죽이는 것
이다.

눌러 죽이다 보면 벽지 여기저기에 핏자국이 길게
나 있다.

빈대 냄새는 왜 그리도 고약하던지.

백과사전에서 빈대를 찾아보면 이렇게 나와 있다.

"빈대는 사람의 피를 빨아먹고 사는 기생충이다.

적갈색인 성충은 몸이 넓적하고 편평하며 몸길이
는 4~5㎜이다.

빈대의 독특한 냄새는 냄새선(stink gland, 발향선이
라고도 함)의 분비물 때문이다.

암컷은 단일 생식 기간에 평균 200개 이상의 알
을 낳으며, 1년에 3세대 이상을 거친다.

빈대는 인간에 기생하는 가장 보편적인 기생충으
로서, 인가라면 어떤 곳에서나 서식한다.

낮에는 숨고 밤에는 먹이를 찾아다니다가 다시 숨
어지내는 곳으로 돌아가서 여러 날 동안 먹이를 소화
시킨다.

성충은 아무것도 먹지 않고 최소한 2년을 견딜 수
있으며, 사람을 물어 성가시게 하지만 사람에게 질병
을 옮기지는 않는다고 알려져 있다."

어찌 된 일인지, 지금은 선진국에서 빈대와의 전쟁이
벌어지고 있다는 신문 기사를 종종 읽는다.

빈대는 뉴욕을 위시해서 캐나다, 프랑스 파리 등에
퍼져있다.

관광 대국 프랑스가 빈대와의 전쟁을 선포했다니 웃기는 일이다.

빈대가 저가의 숙박업소들을 벗어나 일반 아파트와 극장, 병원 등지까지 확산하면서 갈수록 기승을 부리고 있어서라니 기가 찰 노릇이다.

프랑스 정부는 소셜네트워크서비스(SNS)에서도 대대적인 빈대 퇴치 캠페인을 벌이는 한편, 빈대 퇴치 전문가를 연결해주는 핫라인 전화도 개설했단다.

프랑스방충방제전문가조합(CS3D)에 따르면 가장 최근 조사인 2019년의 조사에서는 호텔, 병원, 극장, 아파트 등 총 40만 곳에서 빈대가 출몰한 것으로 추산됐다.

작년에는 이 빈대 출몰지가 한해 전보다 30~35% 더 늘었을 것으로 추산된단다.

프랑스에서 빈대가 이처럼 기승을 부리는 것은 주로 관광객들이 드나드는 숙박업소와 숙박공유서비스, 공공임대주택에서 위생환경이 악화했기 때문이다.

보통 유럽에서 빈대는 위생 상태가 좋지 않은 저가의 숙소에서 많이 출몰하지만, 종종 고급 호텔에서도 출몰하는데 이것은 다른 곳에서 빈대를 묻혀온 여행객들에 의해 빈대가 번식했기 때문이다.

1950년을 전후해서 서울에는 빈대 없는 집이 없었다.

서울만 그랬겠는가? 서울이 그럴진대 시골은 어떠했겠는가? 전국적으로 빈대가 창궐했다.

내가 직접 겪은 것은 아니지만, 강원도 둔내로 피난 나갔던 친척 역시 빈대 때문에 고생이 많았다고 했다.

특별한 제충제도 없던 시절이라 서민들은 속수무책으로 빈대의 공격을 받고 살아야 했다.

그러던 빈대가 하루아침에, 그것도 전국에서 사라지고 말았다.

원인은 간단했다.

집마다 연료를 장작에서 연탄으로 바꿔서 때기 시작했기 때문이다.

연탄가스에 빈대는 살아남지 못하고 전국에서 전멸하고 말았다. 통쾌하기는 하지만 섭섭하기도 하다.

지금은 그때 지겨웠던 일들을 다 잊어버려서 빈대 이야기가 남의 이야기처럼 들리지만, 파리나 뉴욕 사람들의 고충은 그저 웃고 넘길 일만이 아니다.

프랑스 사람들이 한국의 경험담을 참고로 했으면 좋겠다.

빈대는 연탄가스에 맥을 못 춘다는 사실을 알았으면

하는 생각이다.

연탄가스를 압축한 깡통을 만들어서 마치 최루탄 가스처럼 한번 터트리면 방 안에 연탄가스가 가득 차게 만드는 기술이 개발되었으면 좋겠다.

부탁과 심부름

　　처남은 아내와 몇 차례 만나 이야기를 나누더니 내가 사는 일산 오피스텔 15층으로 이사 왔다. 15층은 내가 사는 바로 위층이다.

　때마침 코로나 사태로 비행기 여행이 위험한 것 같아서 한국에 나가지 못하는 바람에 처남이 이사 들어온 오피스텔엔 아직 가 보지 못했다.

　아래위층에 사니까 서로 도우며 살게 되었으니 좋은 현상이라고 생각했다.

　우편함도 같이 나란히 붙어 있으니 우편물이나 수거해 두었다가 내가 한국에 가면 처남에게서 찾아오면 좋을 것 같다.

　아내는 동생에게 우편물 수거를 부탁했다. 친절도 넘쳐나면 문제가 된다.

　처남은 우편물을 수거해다가 봉투를 열고 내용물을

사진으로 찍어서 보내왔다.

"이제 다 봤으니 우편물은 버려도 되지?"

카톡으로 소통하는 거지만, 나는 깜짝 놀랐다.

남의 우편물 개봉은 사생활 침해인데, 그것도 증권 회사에서 온 결산 통보인데, 중요한 우편물이어서 수거해서 보관해 달라고 했더니 마음대로 우편 봉투를 열다니 이해가 안 된다.

시키지도 않은 짓을 대수롭지 않게 여기다니?

아내는 카톡으로나마 싫은 소리를 한 모양이다.

"물에 빠진 사람 건져 주었더니 보따리 내놓으라고? 다시는 안 하겠다."라고 하더란다.

말주변이 없는 처남은 예를 들어도 이치에 맞지 않는 속담을 해댔던 모양이다.

아내의 말을 듣고 나는 당혹스러웠다. 처남은 자신을 부려먹는 것으로 생각했던 모양이다.

전에도 처남이 말할 때면 "내 동기가 합전사 사령관인데……" 하면서 이어가는 말투에서 나를 우습게 대하지 말라는 뉘앙스가 풍기곤 했다.

미국에서 사는 내 동생은 한국에 나갔다가 코로나

사태로 발이 묶여서 오지도 못하고 구파발 딸네 집에서 손녀와 손주를 돌보고 있다.

나는 동생에게 일주일에 한 번씩 일산 내 오피스텔에 가서 우편물을 수거해 오라고 부탁했다. 동생은 내가 시킨 대로 우편물을 수거해서 목록을 열거해 준다. 그중에 국세청에서 온 편지가 있단다.

개봉해서 사진을 찍어서 보내 달라고 했다. 내용인즉슨 재난기금을 신청하라는 통지서였다.

무엇이 이 두 사람의 생각을 다르게 만들었을까?

한국인은 머리와 마음 두 가지를 가지고 산다. 머리로는 생각하고 마음으로는 감정을 느낀다. 생각할 때는 머리를 짚고 감정을 느낄 때는 가슴을 쓰다듬는다.

생물학적으로 가슴에는 느낌을 감지할 수 있는 감각 자체가 존재하지 않는다.

사실, 생각과 감정 모두 머리에서 이루어진다.

마음으로 느낀다는 것도 실은 뇌에서 느끼는 것이다.

미국을 위시해서 서구인들에게는 마음이나 양심 같은 말은 과학에 밀려 이미 사라진 지 오래다.

과학이 발달하면서 생각, 이성, 과학적 판단만이 존

재하기 때문에 냉정하다.

가끔 한국이 일본이나 미국에게 외교적으로 당하는 이유는 그들은 마음이라는 건 없고 오로지 이성만이 존재하는데 우리는 마음으로, 감성적으로 호소하기 때문이다.

같은 일을 놓고도 받아들이는 사람의 자세에 따라서 해석이 달라진다.

우편물 수거를 처남은 심부름이라고 받아들였고, 동생은 부탁이라고 받아들였다.

부탁(付託, 맡길 부, 의지할 탁: 의지하여 맡긴다)은 어떤 일을 해 달라고 의지하면서 맡기는 것이다.

심부름은 순수한 우리말로 '심'은 '힘'에서 나온 말이고, '부름'은 '부리다'라는 동사가 명사화된 것이다. 결국, 심부름은 남의 힘을 부리는 것을 뜻하는 말이다.

친한 사람이 부탁하면 부탁이란 생각이 들고, 친하지 않은 사람이 부탁하면 심부름으로 느껴진다. 생각이냐, 느낌이냐에서 오는 현상이다.

예를 들어보면 이렇다. 가는 길에 무언가를 전해 달라고 부탁받았다. 간단한 일이니까 들어 줘야겠다고 생각했다.

그러면서도 심부름해 주는 기분이다.

아내가 오는 길에 두부 한 모 사 오라고 부탁했는데 그것을 심부름이라고 생각하는 남편은 없다. 반면에 아들에게 두부 한 모 사 오라고 하면 이것은 심부름이다.

부탁은 거절할 수도 있는데 들어주는 것이고, 심부름은 처음부터 거절할 수 없는 것이다.

나는 처남이나 동생에게 똑같은 부탁을 했는데 처남은 심부름으로 받아들였고, 동생은 부탁으로 받아들였다.

처남도 처음에는 부탁으로 받아들여서 기분 좋게 해냈지만, 문제가 발생하니까 자신도 모르게 해석을 심부름으로 돌려세운 것이다.

이처럼 우리는 살다 보면 무의식적으로 부탁과 심부름 사이를 오간다.

기분이 좋으면 부탁을 들어준 것으로 생각하고, 기분이 나쁘면 심부름해 준 것으로 생각한다.

공연히 기분에 휘둘려서 이러쿵저러쿵하며 살 것도 못 된다.

부탁과 심부름도 때가 있는 거다. 그나마 부탁도 받고 심부름도 들어줄 때가 좋은 때다.

늙고 나면 부탁하는 사람도 없고 심부름일망정 시키는 사람도 없다.

이쯤 되면 서글픈 거다.

황금빛 비단잉어

　　오늘부터 비가 온다더니, 제주도와 남부 지역에만 비가 오고 서울과 그 근교에는 구름만 끼었지 비는 없다. 덕분에 날씨가 서늘해서 좋다. 일찌감치 저녁을 먹고 일산 호수를 향해서 걸었다. 지난 며칠 동안은 후덥지근한 날씨 때문에 나다닐 수 없었다. 몇 발짝만 걸어도 땀이 비 오듯이 흘러내려 운동은 엄두도 못 내고 있었다.

　　한적한 호숫가에 사람도 많지 않아 신선한 기분이 충만하다. 호수를 가로지른 나무다리 위에 올라 비단잉어들의 유희를 즐긴다. 비단잉어가 생각보다 많다. 유유자적 몰려 있는 꼴이 먹거리를 이곳에서 주었더니 버릇이 들어서 몰려 있는 것 같다. 멀리 가지 않고 다리 주변을 빙빙 돌고 있는 것으로 보아 먹잇감을 기대하는 눈치다.

잉어는 상상을 초월하리만치 덩치가 크다. 흔히 어른 팔뚝만 하다면 크다는 표현인데 이 잉어들은 그러한 표현으로는 부족하다. 축구선수 넓적다리만큼 굵직하다고 해야 할 것 같다. 잉어의 등이 거무칙칙해서 물과 잉어를 구분하기 어려운 잉어가 가장 많았고, 그 외에도 빨간색, 흰색, 녹색의 비단잉어들이 노니는데 그 중에서도 으뜸은 황금빛 잉어다.

일본식 정원에 가면 비단잉어를 볼 수 있는데 거기서도 이렇게 큰 잉어는 보지 못했다. 솔직히 말해서 돼지같이 살찐 잉어는 동작도 둔해 보였다. 어린 잉어들도 있는 것으로 보아 이곳에서 새끼를 치고 번식해 나가는 것 같다.

잉어는 아시아와 유럽에 널리 퍼져 있는 식용 민물고기다. 일찍이 5세기경에 중국에서 잉어와 금붕어를 같은 연못에서 기르면서 새로운 종자인 붉은 잉어가 태어났다. 송나라 때 리우 카이(1080~1120년)의 그림 속에 붉은색 잉어가 그려져 있는 것으로 보아 당시에도 붉은 잉어가 있었음을 알 수 있다.

1603년에 잉어가 일본으로 건너가면서 1820년에는 나이가다현에서 고이(Koi)로 개종되었다.

고이는 일본말로 비단잉어란 뜻이다. 6가지 색, 즉 흰색, 검은색, 붉은색, 노란색, 파란색, 크림색으로 새로 탄생한 것이다.

일본인 손에 들어가면 무엇이든지 다시 태어나고 만다.

'잉어' 하면 생각나는 게 있다. 추운 겨울날 꽁꽁 얼어붙은 한강에서 얼음에 구멍을 뚫고 낚싯줄을 넣어 잉어가 물기를 기다리던 털모자 쓴 아저씨가 떠오른다. 몇 시간을 기다렸을까? 아니면 온종일 기다려서 잉어 한 마리 잡으면 그날의 수입이 되는 그렇게 귀한 물고기가 잉어였다.

내가 시골에서 중학교에 다닐 때 이웃에 이발사 할아버지가 살고 있었다. 할아버지는 틈만 나면 임진강으로 숭어잡이 낚시를 하러 가곤 했다. 숭어 낚시는 일반 낚시와는 달리 두 발 갈퀴를 강물 한가운데쯤 숭어들이 다니는 길목에 던져놓고 기다린다. 날카로운 갈퀴가 누워 있게 해 놓고 숭어가 흰색 표시점을 지나갈 때 잽싸게 당기면 숭어가 갈퀴에 걸려 잡는 방식이다.

숭어는 항시 몰려다닌다. 그렇다고 숭어가 눈에 띄

게 많이 다니는 것도 아니어서 꼼짝없이 지키고 앉아
서 한나절을 바라보다가 운이 좋아 갈퀴 앞으로 지나
가는 녀석이 있으면 잡을 수도 있지만, 태반은 놓치거
나 공치는 날이 더 많다. 나는 할아버지 옆에 앉아서
같이 숭어 떼가 지나가기를 기다렸지만, 나의 인내심으
로는 참을 수 없어 그만 일어서고 말았다. 그래도 할아
버지는 서너 마리 잡는 때도 있었다.

한 번은 나의 어머니도 같이 구경하게 되었는데 잡
은 숭어를 즉석에서 회를 떠 주는 바람에 숭어회를 처
음 맛보는 운 좋은 날도 있었다. 고마움의 표시로 어머
니는 일반 낚시로 잡은 잉어 한 마리를 팔아드렸다.

그때 한여름에 어머니가 잉어로 백숙을 고아 주시던
추억이 그립다. 몸이 약하다고 여름 보양식으로 잉어에
마늘을 듬뿍 넣고 백숙을 고아 주시면서 나 혼자만 먹
으라던 어머니의 그윽한 보살핌이 그립다. 지금 생각해
보면 나보다 어머니가 드셨어야 옳았을 것 같은데 그때
는 왜 어머니보고 드시라는 생각조차 떠오르지 않았
는지, 어리석은 자식은 늙어서야 겨우 뉘우친다.

일산 호수에 잉어가 노니는 걸 보고 생각났을 뿐이다.

다음 날도 저녁을 먹고 운동 길로 비단잉어를 보러 갔다. 잉어들은 어김없이 다리 밑에 몰려 있었다. 소녀가 난간에 서서 먹이를 주고 있다. 잉어들은 먹이를 놓고 아우성친다. 소녀가 이리 던져주면 이리로 몰리고 저리 던져주면 저리로 몰린다. 먹잇감 따라 제비 새끼들 입 벌리고 먹이를 달라는 것처럼 잉어들은 입을 딱 벌리고 따라다닌다. 비닐봉지에서 꺼내 주는 것이 무엇인지 궁금했다. 치즈 부스러기 같기도 하고 팝콘 부스러기 같기도 했다. 물어보았더니 라면 부스러기란다.

아! 한국인이 세계에서 라면 소비가 가장 많다고 하더니 하다못해 잉어까지 라면을 먹고 있구나…….

꿈꾸는 사과

―

고속도로를 한 시간이나 달릴 만큼 먼 곳에 있는 한국 식품점에 사과 사러 간다.

남들은 얼마나 대단한 사과이기에 그 멀리까지 사과 사러 달려가는가 하겠지만 내게는 먼 길을 달릴 만큼 가치 있는 일이다.

사람이 가장 많이 먹는 과일이 사과이고, 종류도 그만큼 다양하다.

미국 식품점에 들어가면 두세 종류씩 다른 사과를 파는 게 일반적이다.

한국 식품점에서도 레드 딜리셔스, 하니 크리슈, 홍로, 후지 등 다양한 사과를 판다.

이 사과, 저 사과 다 먹어보았지만 내 입맛에는 후지 사과가 가장 맛있다.

기왕이면 다홍치마라고, 나는 후지 사과만 먹는다.

같은 후지 사과라는 이름이라도 주먹만 한 크기가 있는가 하면 그보다 훨씬 큰 후지 사과도 있다.

그까짓 사과나 사러 멀리까지 달려가는 이유는 한국 식품점의 후지 사과는 유별나게 크기 때문이다.

어느 식품점에 가 보아도 이렇게 큰 후지 사과는 보지 못했다.

조금 과장되게 말하면 사과가 나주 배만큼 크다. 큼직하면서도 달고 바삭바삭하다.

식품점 판매대에 사과를 피라미드처럼 쌓아놓았다.

사과가 큼지막한 게 먹음직스럽다. 나는 사과를 그냥 집어서 비닐봉지에 넣는 게 아니라 하나하나 고르고 또 고른다. 먼저 큰 놈으로 고르고, 색깔이 골고루 빨갈수록 좋고, 그다음으로는 둥글고 잘생겨야 한다. 늘 느끼는 거지만 이게 좋겠다 하고 집어보면 내가 집은 건 별로고 그 옆에 있는 사과가 더 실해 보인다. 그러기를 여러 번 반복한다.

사과를 고르다 보면 다른 사람들도 나처럼 사과를 고른다.

아무 사과나 막 집어넣는 사람은 보지 못했다. 고르

고 고르기를 반복한다.

어떤 때는 내가 집었다가 놓은 사과를 옆 사람이 집어 든다. 그럴 때면 괜히 좋은 사과 하나를 놓친 것 같은 기분이다.

얼마 전에 독일 여행을 할 때였다.

어느 관광지였는데 과일 상점이 눈에 띄었다. 사과라도 사서 먹을까 하고 과일 상점을 기웃거렸다. 마침 사과를 잔뜩 쌓아놓았기에 늘 내가 하던 대로 고르려고 사과를 집으려는 순간 주인이 소리를 꽥 지른다. 깜짝 놀라 내가 무엇을 잘못했나 살펴보았다.

주인이 날카로운 눈으로 바라보면서 사과를 고르거나 만지지 말란다. 살 거만 집으란다.

나는 당황했지만, 주인이 만지지 말라니 어쩔 수 없이 눈으로만 고르다가 그냥 맨 위에 있는 사과를 집어 들었던 생각이 난다.

관광객이란 한 번 지나가고 마는 손님이다. 단골로 드나드는 손님이 될 수 없다. 쓸데없이 친절을 베풀 이유가 없다는 얄팍한 상술이 상점 주인의 생각이었을 것이다.

오늘 나는 굵은 사과만 고르면서 그때 생각이 나서 속으로 피식 웃었다.

그냥 쌓아놓은 사과를 위에서부터 집어 가는 게 옳은 건지, 아니면 고르고 골라야 하는 건지 명확한 정답을 지금껏 찾지 못했다.

그러면서 사과의 입장에서 본다면 어떨까 하는 생각을 해 본다.

사과가 집어갈 주인을 기다린다. 주인이 될지도 모르는 아주머니가 와서 들었다, 놨다 한다. 들었다, 놨다 할 때마다 사과는 서로 부딪히고 아프다. 살살 놓았으면 좋으련만, 아주머니는 사과의 고통을 아는지, 모르는지 내동댕이치다시피 던지기도 한다.

차라리 빨리 팔려 갔으면 좋겠는데 예쁘고 잘생긴 애들만 뽑혀 나간다.

어젠 빨강이하고 예쁜이가 뽑혀 나갔다. 나는 얼마나 울었는지 모른다. 우리 셋이 단짝이었는데 나만 홀로 남았다. 오늘은 어느 아주머니가 나를 괴롭히려나?

솔직히 나는 태어나면서부터 대우받고 자랐다. 이른 봄에 꽃으로 피었다가 쌍둥이로 태어났는데 사과밭 주인이 나 혼자 잘 먹고 잘 크라고 동생을 잘라버렸다. 그 후로는 부잣집 외동딸처럼 호강하며 자랐다. 병충해가 접근하지 못하게 소독해 주지, 새들이 쪼지 못하게 쫓아 주지, 나는 맘 푹 놓고 실컷 먹고 잘 노는 거야. 어느 날 주인아저씨가 흰 장갑 낀 손으로 어루만지며 잘 자라줘서 고맙다고, 시집보내야 한다고 했다. 깜깜한 상자 속에서 한 잠자고 났더니 이곳 매대에 올라앉아 나를 골라갈 주인을 기다리게 되었다.

기왕이면 마음씨 고운 아주머니에게 뽑혀 갔으면 좋겠다. 깨끗이 씻고 깎아서 모양 있게 썰어놓으면 어린 아들과 딸이 맛있게 먹겠지. 생각만 해도 행복하다.

오늘도 아침부터 한 무리의 사과들 틈에 끼어서 나를 집어갈 주인을 기다리지만, 내 마음은 외로움으로 가득하다.

어서 행복한 가정으로 가게 되었으면…….

행복하라고 태어난 사람

—

　　난 어렸을 때부터 묻지 못하는 병이 있다.

　묻지 못하는 증세는 수줍음에서 시작하고 수줍음은 습기가 없는 게 발단이다. 소심하고 내성적인 성격이다. 이것이 정신 질환의 하나인지, 아니면 성장 과정과 환경 탓인지는 알지 못한다. 궁금해도 보고만 있을 뿐 묻지 못하는 증상이다. 묻지 못하고 혼자 짐작한다. 짐작이 맞을 때도 있지만, 틀릴 때가 더 많다. 그래도 물어보는 건 내겐 너무 어려웠다.

　학창 시절에 나는 질문 없는 학생이었다.

　알고 싶어도, 알고 있으면서도 손을 들지 못했다. 질문을 못 했다. 스스로 짐작했다. 정답은 짐작으로 맞힐 수 없으므로 틀리는 게 많았다. 중학교 때는 교내 미술 대회에서 특선했다.

아침 조회시간에 교장 선생님이 상장을 줄 것이라는 걸 짐작으로 알고 있었다. 전교생 앞에서 상장을 받는다는 것은 내겐 너무나 큰 부담으로 다가왔다. 내 습기로는 도저히 해낼 수 없을 어마어마한 일이다. 그리고 정말 앞에 나가 서기 싫었다. 그날 아침 나는 교실에 남아 있는 당번을 자처했다. 3층 교실에서 조회 장면을 내다보고 있었다.

짐작대로 내 이름을 불렀고 몇 번 호명했지만 나타날 리가 없다. 나중에 미술 선생님으로부터 교무실로 오라는 호출을 받았다. 상장과 상품으로 화홍 유화 붓 두 자루를 주면서 이 붓이면 어떤 그림도 그릴 수 있다며 그림 공부를 하라고 했다.

하지만 엄마의 귀에는 달갑게 들리지 않았다. 그림쟁이는 가난하다는 게 이유였다.

그때 받은 붓이 내 서랍 속에서 반세기가 넘도록 잠들어 있다. 한 번도 쓰지 않은 채로……

어른이 돼서도 묻지 못하는 병은 그대로이다.

묻지 못하는 사람은 시행착오가 많다. 작은 시행착오는 그런대로 넘어가지만, 큰 시행착오는 가슴 아프게

후회한다. 후회하고도 똑같은 시행착오를 반복한다. 요령이 생기면서 시행착오를 비껴가는 기술도 터득했지만, 당하는 수가 더 많았다.

질문하지 못하는 버릇은 오로지 숫기만 탓할 일이 아니다. 질문을 허용하지 않는 문화도 한몫했을 것이다. 나에게 버릇이나 습관은 스스로 고치기가 어려웠다. 그냥 단념하고 순응하며 살았다. 그러려니 하고 넘어갔다.

결혼하고 옆에서 지켜보던 아내는 나의 버릇을 보고 참지 못했다. 나처럼 그냥 넘기지 못했다. 내가 그대로 넘어가고 나면 아내가 뒤에 가서 다시 고쳐 오곤 했다. 다시 고쳐 온 아내 앞에 선 나는 자존심이 상했다. 그 바람에 싸움도 많이 했다. 매일 싸웠다.

나는 그냥 넘어가는데 아내는 손해 보고는 못 산다. 나는 아내가 뻔뻔스럽다고 생각했다. 어떻게 꼬치꼬치 묻고 따지며 사는가. 사람이 이럴 수도 있고 저럴 수도 있는 거지. 울화통이 터져 당장 헤어질 것처럼 싸웠다.

그러면서도 말없이 화해시켜 주는 밤이 있었다.

빨간색 물감 한 깡통, 파란색 물감 한 깡통을 큰 통

에 넣고 휘젓다 보면 보라색이 된다. 빨리 저으면 빨리 보라색이 되고 천천히 저으면 천천히 보라색이 된다. 우리는 천천히 젓는 바람에 시간이 오래 걸렸다.

무엇이든 오래 하면 알게 된다. 보라색이 다 되기 전에 알았다. 아내와 나는 다르다는 것을.

참 바보스럽지. 여자와 남자가 다른 건 당연한 거 아니야?

다르긴 해도 생각하는 건 같은 줄로만 알았었다. 남자와 여자의 생각하는 뇌의 구조 인지, 능력 인지가 다르다는 걸 아는 데 많은 시간이 걸렸다. 알고 난 다음부터는 싸우지 않았다. 아내는 내가 아니니까. 그 통에 나도 조금씩 배워 갔다. 묻기 시작했다.

나이가 들어가면서 나아지기도 했지만, 미국 사회는 개방적이고 직설적이어서 내게는 많은 도움이 됐다.

한국처럼 체면이 없는 사회여서 물어본다고 해도 바보 취급을 하지 않아서 좋았다. 그렇다고 해서 확 바뀐 건 아니고 전보다 달라졌으므로 많이 진전됐다고 해도 좋다. 묻는다고 해 봤자 상대방의 기분이 상하지 않는 범위 내에서 제한적으로 물어본다.

돌이켜보건대 나는 행복했던 날들이 불행했던 날보다 더 많았다.

그 첫 번째 이유로는 묻지 못하는 병은 앞에 나서지 못하는 병으로 이어졌고, 앞에 나서지 않으니 미움받을 일이 없었다. 있는 듯, 없는 듯 지내는 것이 행복해지는 길이다.

두 번째 이유로는 나는 평생 좋은 사람들만 만났다. 부모 형제는 물론이려니와 친척들도 내게는 모두 좋은 사람이었다. 학창 시절에는 친구들도 좋은 친구들만 골라서 친했고 지금까지 그 인연을 이어 왔다. 사회에서 만난 사람들도 다 좋은 사람들이었다. 모두 나를 도와주고 싶어 하는 사람들이었다.

간혹 내게 불이익을 끼치려는 사람이 있기는 했었으나 그런 사람과는 오래 가지 않았다. 젊어서는 무데뽀 같은 친구도 있었고, 짠지처럼 자린고비 노릇을 일삼는 친구도 있었다. 그들은 늙어서도 변한 게 없다. 그런 친구들은 어떻게 사귀어야 하는지 터득해 가며 살다 보면 그들도 나름대로 좋은 친구가 되었다. 이상하게도 내 주변에는 좋은 사람들만 있다.

요즘 들어서 느끼는 건데 지금도 만나는 사람마다

다 좋은 사람들이다. 하다못해 식료품 가게 점원도, 버스 운전기사도, 도서관 직원도, 택배 아저씨까지도 내 겐 친절하고 좋은 사람들뿐이다.

어묵 파는 할머니도 나만 보면 웃는다. 일전에 어묵 가격을 올리지 그러느냐고 슬쩍 운을 띄워드렸다. 그 때부터 할머니 생각에 내가 할머니 편인 줄 믿고 있다. 할머니가 행복해하면 나도 행복하다.

나는 복 받은 사람이고 행복하라고 태어난 사람 같다.

더군다나 지금은 코로나19 팬데믹 시대가 아니냐. 만일의 경우 내가 현역이었을 때 코로나 사태가 벌어졌 다면 어쩔뻔했나? 가게는 여러 곳에 있지, 종업원 봉급 주랴, 점포 월부금 나가랴, 각종 고지서는 어떻게 하 고……

생각만 해도 끔찍하다. 그러지 않아도 궁금해서 일 전에 지난날 운영하던 가게에 가 보았다.

문 닫은 가게들이 많다 보니 쇼핑 거리마저 쓸쓸한 게 피난 나간 도시처럼 텅 비었다.

하다못해 식당 문도 다 닫아서 점심 먹을 곳도 없 다. 문이 닫혀 있는 윈도 패션 가게를 들여다보았다. 영업을 중지한 지 4개월이 넘은 가게는 유령의 집같이 어둡고 적막한 게 사람의 그림자도 없었다.

코로나바이러스가 캘리포니아에 침입하면서 상권은 직격탄을 맞았다.

너무나 긴 영업 중지 탓에 식당의 약 50%가 영구 폐업에 들어갔고, 소매업이나 스페셜 주문업도 예외는 아니다.

천만다행인 것은 내가 은퇴하느라고 모든 것을 처분하고 물러난 다음에 코로나 사태가 발생했다는 점이다. 긴 코로나19 함정에 빠져 허덕이는 일 없이 손 털고 나온 것은 참으로 잘한 일이다.

아무리 생각해 봐도 나는 정말 복 받은 사람이고 행복하라고 태어난 사람 같다.